JOURS SANS PEUR

DOMINIQUE ROBERT

Jours sans peur

nouvelles

LES HERBES ROUGES

Éditions LES HERBES ROUGES
3575, boulevard Saint-Laurent, bureau 304
Montréal (Québec) H2X 2T7
Téléphone : (514) 845-4039
Télécopieur : (514) 845-3629

En première de couverture :
Jack Chambers, *Lac Huron, n° 4,* 1970 -1976
Photo de l'auteure : Daniel Jutras
Infographie : Sylvain Bo ucher

Distribution : Diffusion Dimedia inc.
539, boulevard Lebeau
Saint-Laurent (Québec) H4N 1S2
Téléphone : (514) 336-3941

Dépôt légal : quatrième trimestre 1994
Bibliothèque nationale du Québec
Bibliothèque nationale du Canada

Pour Léolo

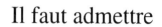

Il faut admettre

Qu'est-ce que je pourrais déclarer concernant la mort tragique de Benjamin Ross que vous ne sachiez déjà, monsieur l'inspecteur?

UNE MAIN DE GLOIRE

Je l'ai rencontré un soir de novembre, vers une heure du matin. Seul, il sirotait une bière dans un bar que j'aimais fréquenter. Installée au comptoir, je me laissai entraîner par lui.

— En fait, je suis ici pour trouver une fille avec qui passer la nuit.

— Bon, allons chez toi.

— J'habite chez quelqu'un. C'est une longue histoire... s'arrêta Benjamin.

À mon appartement, le lavage traînait depuis des semaines. Je ne possède qu'une paire de draps. Il me les fit enlever, préférant coucher à même le matelas.

— Dis-moi, est-ce que ça t'excite, là ?

— C'est bon... ça fait longtemps...

La lumière de la rue accrochait un minuscule bandage sur son bras.

Le jour se levait peu à peu et quand Benjamin se rhabilla, mon cœur faillit s'enrayer :

— Pourquoi tu t'en vas ?

— Je vais mieux dormir chez moi.

— Mais, je voulais faire l'amour encore.

— On recommencera, une autre fois.

— Tiens, écris-moi ton numéro de téléphone.

— Non, toi écris-moi le tien, coupa Benjamin.

Deux semaines plus tard, il m'appela. Je le rejoignis au bar où nous nous étions rencontrés, mais il dansait déjà avec une autre. Je me sentis mal, me rendis aux toilettes. De sauvages pensées aiguisaient ma colique. Je revins dans la salle. Benjamin avait disparu avec la fille.

Les soirs suivants, je retournai l'attendre au bar. Il était trois ou quatre heures quand je finissais par rentrer. Je voyais des couples s'embrasser dans les cabines aux arrêts d'autobus. La vapeur sortait en tempête de leurs bouches s'ils s'arrêtaient pour rire ou parler. Un garçon relevait la jupe d'une fille. L'autobus manquait de me passer au nez. J'arrivais chez moi, en proie à d'étouffantes colères.

Benjamin reparut un vendredi. J'allai le retrouver près du disc-jockey. Une cigarette à la main, il m'embrassa avec la langue.

— Benjamin, m'emmènes-tu?

Je me rappelle le flash d'un bouton de métal quand il enleva son manteau; les gants tombés par terre près du fauteuil; la propreté des draps que j'avais fini par laver; la chair phosphorescente de la pomme à moitié mangée sur la table.

— J'ai faim.

— As-tu le goût de spaghettis?

— O.K.

— J'ai loué un film hier, veux-tu le regarder?

— O.K.

Il partit. Le soleil se couchait, nous avions passé la journée ensemble. Mais pour lui, je savais seulement que je passerais des jours et des nuits à me languir.

Une fois, au printemps, il n'avait pas neigé depuis des semaines, le pavé était sec, j'aperçus mon nom écrit à la craie, à même le trottoir devant chez moi : «Allô Chiniquy. Je t'appelle ce soir.»

Nous avons mangé un smoked-meat sur le boulevard Saint-Laurent. Le restaurant était affreusement éclairé et j'avais envie de pleurer tellement je me sentais nerveuse. Benjamin ne disait rien. Je ne pensai pas l'ennuyer, mais je saisis que les autres n'accédaient pas jusqu'à lui. Nous nous sommes baladés. Sur la Montagne, il s'est garé. Je ne l'ai pas accompagné sur le belvédère. Avec ou sans lui, je me sentais aussi seule, alors pourquoi m'obstiner?

Au bout de quelques minutes, accoté à la rampe à regarder la ville clignoter contre le marine dépoli des nuages, il ramassa quelque chose par terre.

— La trahison, sourit-il en me tendant une carte à jouer cornée.

Je ne sais pas pourquoi j'ai continué à le voir. Nous passions chaque vendredi soir ensemble jusqu'au samedi, puis il disparaissait derrière l'école de l'autre côté de la rue, à la tombée de la nuit.

C'était affreux. La semaine, je sortais pour ne revenir chez moi que titubante ou évanouie. Dans ce monde aux débordements analgésiques, je portais des jeans serrés et de hautes bottes de cuir pour qu'on vienne au plus vite m'emporter. J'étais si intoxiquée que même le rêve cherchait sa réalité. Mais la réalité tournait au cauchemar : Benjamin ne revenait plus. J'étais perdue.

Pendant les deux mois de l'été, je commandais des cognacs avec du café. Je fixais un *Journal de Montréal* dans le tapage d'un poste de radio populaire ou d'une émission de télé.

Un soir, un homme vint s'asseoir devant moi. Il portait un uniforme de policier. Il demanda un café.

— J'enquête sur une mort dans le quartier. Vous permettez que je vous pose certaines questions ?

J'acquiesçai timidement. Le policier avait des cheveux à reflets roux, une mèche folle derrière l'oreille droite.

— Où étiez-vous le soir du 18 août dernier, mademoiselle Chiniquy ?

Je sursautai en entendant mon nom. Je réfléchis à la question, mais je n'avais plus aucun souvenir du 18 août dernier ni des autres soirs de l'été.

— Je ne me souviens plus de rien, monsieur le policier.

Ce dernier ne sembla pas choqué de ma réponse. Son café arriva. Il en but une gorgée. Ses yeux sans méchanceté se posèrent de nouveau sur moi.

— Vous êtes bien pâle, mademoiselle Chiniquy, comme si vous n'arriviez plus à dormir depuis des mois...

Je ne disais rien. J'usais de toutes mes forces pour contenir la violence des sanglots qui me prenaient à la gorge. Pour rien au monde, j'aurais voulu que le policier me voie pleurer. Petit à petit, le silence s'amplifiait. Quelqu'un avait éteint la radio, les déplacements de la serveuse paraissaient plus feutrés, les gens s'en allaient. Je formulai avec peine :

— De ma vie, je me suis jamais sentie aussi seule. Est-ce que ça va durer encore longtemps comme ça ?

La porte battit le seuil en se refermant.
— Et quel mal y aurait-il à cela ?

La serveuse avait tendu un paquet au livreur déjà reparti.

— Je ne supporte plus le manque d'affection, de soutien. Quand je suis malade, d'une grippe disons, je rêve de quelqu'un d'assez doux pour m'apporter une soupe ou allumer la veilleuse. Ces temps-ci, je pense beaucoup à la mort.

Un froissement de napperons se fit derrière nous, puis un tintement de vaisselle entrechoquée.

— Est-ce que vous savez que je vois dans l'avenir, mademoiselle Chiniquy?

— Ne me dites pas ça, je trouve ça effrayant ce que vous dites!

— À cinquante ans, vous serez encore seule. Et quelques années plus tard, un homme fort convenable voudra entrer dans votre vie, mais vous aurez si peur de souffrir que vous le chasserez.

— Comment est-ce que je pourrais en venir là?

J'étais perdue dans mes pensées. Le policier reprit :

— Il n'y a pas de remède à la souffrance humaine. Elle est tissée à même le sens de la vie.

— Comment pouvez-vous dire une chose pareille? Je ne vous crois pas.

— Finalement, qu'est-ce que vous savez des gens, Chiniquy? Leur avez-vous jamais offert ce que vous attendez qu'ils vous apportent? Avez-vous jamais donné quelque chose, Chiniquy? D'ailleurs qu'est-ce que vous tenez serré contre votre poitrine, sous votre gilet?

Je baissai les yeux. J'étais rouge de confusion. Comment avais-je pu sortir sans me rendre compte de ma bêtise? Un bout de corde dépassait de mon chandail. Je la tirai de sous mes vêtements, honteuse, pour m'en faire une pelote que je glissai dans mon sac à dos. Le policier eut la décence de ne pas me regarder. Il buvait son café en dessinant. Sur son napperon, une jeune fille apparut, les mains en sang attachées à un arbre, le visage grimaçant de douleur.

— Il est déjà huit heures, annonça le policier.

Nous avons commandé le plat du jour : une soupe maison aux légumes, du riz au poulet à l'orientale, un gâteau blanc avec glaçage au sucre. Le policier hasarda :

— Est-ce que je peux vous raconter une histoire?

— Oui, lui soufflai-je.

— C'est l'histoire d'une île appelée Naiaut, que me racontait ma mère quand j'étais petit. Naiaut, qui veut dire «au revoir» en montagnais.

«Un jour, une femme décida de voyager parce qu'elle était triste depuis des années. Le voyage l'emmena loin au nord, puis au bout à l'ouest, en traversant d'est en sud. La femme avait complété un cercle. Elle se trouvait exactement à la jointure des deux arcs, comme au pied d'un abîme, mais devant la mer. Lassée par sa longue route, elle s'allongea sur une plage et s'endormit. D'abord, une vague picorée par des pluviers avança jusqu'à elle. Au lieu de retourner vers la mer, celle-ci s'arrêta sous la femme. En peu de temps, le soleil eut réchauffé la flaque. Un délice physique s'ensuivit qui partait du centre de son corps, d'entre son ventre et ce qu'on a l'habitude d'appeler le cœur. Aussi, la femme sut que là était son vrai cœur. Son ancien lui apparut tel un trognon de pomme bruni, bon pour la poubelle. Alors, la femme se leva, étonnamment légère. Chacune des nouvelles vagues la suivait, un paquet d'oiseaux aussi. Le vent soufflait sur son visage, elle marchait. De vague en vague, l'étendue d'eau autour d'elle augmentait. Au moment où elle se rendit compte de ce qui se produisait, elle était au milieu de l'eau, comme une île. Sur la plage, elle vit quelque chose traîner : c'était son ancien cœur. Alors, la femme lui dit "au revoir" et devint Naiaut.»

Je regardai le policier. Ses yeux bienveillants me souriaient. Les larmes coulaient sur mon visage, apaisantes. J'enfonçai ma main dans une poche de mon gilet pour chercher un mouchoir, mais je tombai sur une chose oubliée : cette carte de la trahison que m'avait remise Benjamin le soir où nous étions allés sur la Montagne. D'un coup, la mémoire de ma colère revint. Je sus où j'étais allée le soir du 18 août dernier. Je sortis la carte, la plaçai en vue sur la table.

— Le sept est difficile... prononçai-je.

Un instant de silence suivit.

— J'ai remarqué du sang sur la corde que vous avez tantôt rangée, articula le policier.

18

Nous quittâmes le restaurant et nous rendîmes au poste 34 de la rue Rachel, pour que je puisse vous rencontrer, monsieur l'inspecteur.

En affreux gala

«Pour ma part, je n'ai jamais eu de respectabilité.

Jeune, j'ai lavé la vaisselle à l'hôtel de Joseph-Magloire Beaulieu dans Notre-Dame-des-Neiges afin de gagner ma vie. J'y ai nettoyé les chambres, torché les tuiles pâles des planchers.

Pendant des mois, au retour de l'école, j'ai tenté d'apprendre par cœur le poème "La ri la, il faudra battre le fond des bois!".

Je m'assoyais dans la cuisine, où mijotait une bonne odeur de sauce à spaghetti. Je lisais attentivement les premières strophes :

> *De ton âme dont elle a humé les traits,*
> *La chapelle assume les mystiques attraits ;*
> *De gloire, ton corps fleurit seul*
> *Et tes grands yeux, de doux cierges mystérieux,*
> *Illuminent mes regrets.*
>
> *Mais la ri battre le fond des bois,*
>
> *Qu'elle est donc noire la page qu'à moi,*
> *Tu m'as donnée!*

Ensuite, je me remettais au travail et les mots se mêlaient dans ma tête, malgré que je m'applique à les répéter.

Les mois passèrent, le soleil continuait sa course impénétrable dans le ciel. J'atteignis l'âge ingrat de quatorze ans. Je m'empressais : dans les chambres à l'étage, il y avait tant à faire... J'empilais les vêtements dispersés dans un panier à lessive, enfermais les souliers dans la garde-robe. Je balayais, secouais les miettes hors des draps froissés, balayais encore. Peinant sur les ourlets compliqués des coins, je faisais les lits. Les serviettes dans les salles de bains devaient être changées. Un cerne gris barbouillait l'évier; des gouttes séchées, le miroir. Je montais sur un tabouret pour ouvrir et aérer.

Sous un matelas, je trouvai un jour des photographies.

Deux grosses femmes avec des cagoules jouaient au maître et à l'esclave. Des cordes serrées barraient le ventre et les seins de celle nue par terre. La deuxième, vêtue de cuir, allongeait un fouet. Ailleurs, une autre ventrue, le front transpercé d'une couronne d'épines, saignait sur une croix. Suivaient des pénis en érection, tantôt exhibés à l'instant où ils s'inséraient dans une bouche — dont les lèvres étaient exagérément recouvertes de rouge à lèvres —, tantôt à celui de l'éjaculation. Pour finir, un enfant en fourreau pailleté tenait un masque de licorne.

Je descendis à la cuisine et m'assis près d'une fenêtre. Nous étions au printemps, aux premiers jours de belle température, quand le temps de lumière s'allonge, mais sans que les feuilles soient sorties. Je n'avais jamais vu de pareilles choses. Le vent de la fenêtre, ouverte pour me rafraîchir, séchait mes larmes. Mes mains tremblaient. Parfois, je fermais les yeux le plus fort possible, saisi d'incrédulité, avec de petits hoquets de nervosité.

Le jour tombait quand je me levai enfin. Le ciel se couvrait et on sentait dans l'air la pluie. Je fermai la fenêtre, me rendis à l'armoire prendre mon manteau. J'enfilai des espadrilles, sortis.

Je marchai. Les grands champs nus derrière l'hôtel étaient encornés par un croissant de lune. Le vent ratissait les arbres et les marais, hier englués à cause d'une dernière gelée. Je marchai sans jamais ralentir. J'en avais mal aux jambes et au dos. J'avais dû franchir quelque dix kilomètres.

Une allée apparut devant moi, bordée de peupliers. D'abord, je redoutai ces arbres, sans comprendre pourquoi. Puis je vis : les peupliers n'accusaient aucune différence, chacun ayant grandi suivant le modèle de son voisin. Une courbure prononcée au milieu du tronc les penchait à droite, avec une grosse branche pour redresser le reste de la touffe échevelée, droit vers le haut. Je saisis mon visage entre mes mains. Le ciel s'était complètement fermé, l'orage n'allant plus tarder. Cependant, cela m'était devenu égal. J'étais effaré.

Comment le temps réussit-il alors à se détraquer? Car il est vrai que le soleil brûlait en plein midi quand j'écartai les mains et rouvris les yeux.

Au grand jour, les arbres épouvantaient davantage. Une vingtaine se hérissaient devant moi, peut-être plus : un tournant subit de l'allée bloquait ma vue. Heureusement, j'avais emporté mon livre en quittant l'hôtel la nuit d'avant. Peu de chose pour me consoler, bien entendu, mais je n'étais qu'un enfant et de simples croyances suffisaient à me réconforter.

Je tentai de mémoriser les strophes suivantes :

*Vous me guiderez sans doute, membres du
    Paradis,
Votre étoile d'or dans les grands houx;
Attiserez de pleurs de feu les charbons
Des soirs à chefs blonds, où Violon aimera
    Villanelle;*

*Troublerez les bêtes et les choses qui reculent
Et où mon âme folâtre, tous les jours, en des
    poses obliques;*

La la bli! La bli la,

*Emporterez le souffle pourpré
Des grands arbres aux longs cheveux en poudre
Sur l'escalier des cieux.*

Je lus le passage à plusieurs reprises, essayant de m'imbiber autant de son trouble que de sa sérénité. Fébrilement, je le ressassai, comme s'il s'agissait de mon seul lien avec un restant d'équilibre. Mais en vain. Encore une fois, des pleurs me secouèrent. J'étais proprement bon à rien, pourri ! C'était ça, la vérité ! Irréductible, la poésie me résistait. Et tellement en effet que je courus jusqu'au tournant du chemin, découvris là une rivière, où je lançai d'un geste sec mon livre désormais détesté.

Aussitôt, j'entendis remuer les broussailles. Puis des pas crépitèrent dans l'allée. Perplexe, il me fallut un moment pour me retourner. Un homme et une femme avançaient en halenant.

Je bondis à l'intérieur des bois, récoltant sur mon visage et mes bras des cinglements de buissons. Ma peur de ce couple était telle que je fonçai aveuglément. Les dénivellations et les trous se multipliaient sous mes pieds, avec les arbres abattus, les grosses pierres et les fatras de racines exhumées. Je tombai. Prestes comme des ombres, ils fondirent sur moi.

Ils ceignirent ma bouche d'un bandeau, immobilisèrent mes poignets dans mon dos avec une corde. Ils me tournèrent dans les feuilles boueuses et me déshabillèrent, n'hésitant pas à déchirer mes vêtements. Ils me firent des caresses de toute sorte, se caressèrent entre eux. Je les sentais fouisseurs comme des taupes, gazés d'une espèce de confiance idéale. À ma grande surprise, je m'entendis intérieurement nommer cela, le plaisir.

En fin de journée, nous marchâmes longtemps le long de la rivière. Ils ne m'avaient pas rhabillé. J'avais toujours le bandeau sur la bouche et la corde aux poignets. La pierraille me blessait, mais ses aiguillons m'apparaissaient curieusement agréables. La brise venue du côté des champs en friche pourléchait ma peau éraflée. L'homme et la femme semblaient à présent étonnamment normaux, pareils à deux adolescents enjoués. Ils bavardaient, les mains dans les poches, ramassaient une herbe séchée, la mâchonnaient en souriant. De temps en temps, ils m'adressaient la parole, en me jetant un regard affectueux, avec force mais simplement, comme on parle à un plus jeune ou à un enfant.

Nous marchâmes encore. Ils m'annoncèrent que nous nous rendions à leur maison, un bungalow acheté dans un développement d'habitations à la périphérie d'une grande ville. Je leur fis signe que j'avais froid. La dame m'enfila son chandail de grosse laine, m'emmaillotant comme un bébé naissant. Une chaleur salutaire m'emplit. L'homme, la femme et moi nous rapprochâmes insensiblement.

La maison surgit au loin; il n'y avait qu'elle de complétée. Quelques autres pointaient, à moitié montées sur leurs poutres. Un peu partout, des tracteurs s'activaient dans un remue-ménage de construction. Un sifflet retentit. Les travailleurs descendirent de leurs machines pour se rendre à un complexe de caravanes où les attendait un camion. Un auvent ouvert protégeait du soleil déclinant une variété de produits emballés dans de la cellophane. Il y avait aussi de la soupe en boîte qu'un gros vendeur chauve s'empressait de chauffer pour les hommes affamés. L'un d'eux se tourna vers nous, son repas à la main, et disparut à l'intérieur d'une roulotte. Il devait être environ dix-sept heures.

Madame Seers sortit ses clés d'une poche de son jeans. Elle les remit à son mari, qui s'occupa d'ouvrir la porte. La pénombre du bungalow se résorba d'un coup à l'allumage des luminaires. Madame Seers effeuillait déjà ses vêtements en route vers la salle de bains. On l'entendit actionner la douche. Louis se décapsula une bière, avant de s'échouer dans un fauteuil devant le téléviseur.

— Mais pourquoi donc Dieu me rend-il malheureux ? murmura-t-il dans ma direction.

Je m'assis sur une chaise dans le passage, hésitant à entrer dans le salon. Au bout d'un moment, Eloa Seers reparut en peignoir éponge, la tête enturbannée d'une serviette. Un instant, elle câlina la tête de son époux, avant de lui chantonner à l'oreille :

— À quoi songes-tu donc... à quoi penses-tu tant... à la cloche qui rêve aux réveillons d'antan ? Puis elle me guida jusqu'à la salle de bains.

Une baignoire parfumée m'y attendait. Eloa m'enleva chandail, bandeau et corde. Je me coulai voluptueusement dans l'eau. Elle me frictionna avec une débarbouillette, me nettoya derrière les oreilles, me shampouina. Après, je restai seul quelque temps.

Louis vint m'habiller d'un pyjama. Nous nous rendîmes à la cuisine manger du pâté chinois. Après le thé et une partie de cinq cents, je quittai la table pour me coucher.

En m'endormant, un présage se manifesta. Je reposais dans mon lit, regardant le ciel par un puits de lumière. Un animal — une sorte de chevreuil fabriqué d'étoiles — parut courir entre les nuages. Mais la bête était dans un tel état d'épuisement que l'idée de sa mort me traversa. Juste avant l'aube, je fus éveillé en sursaut par deux coups de fusil. C'est ainsi que cette chimère du ciel avait été un présage. Aussi, que je pris connaissance de la mort de madame et de Louis Seers.

Je n'attendis pas la suite. Déjà, des sirènes s'entendaient à distance. Je m'habillai en vitesse, me faufilai à l'extérieur. Les feuilles s'agitaient au vent comme des remords, je m'éloignai le plus rapidement que je pus du projet d'habitations. Je marchai jusqu'à la grand-route, empruntai un chemin menant vers un ensemble de chalets, construits aux abords d'un lac.

La saison estivale était loin, le lac Ramezay se trouvait déserté. J'en fis le tour, découvris un chalet facile à ouvrir. Par bonheur, il était plein de conserves. Je sortis des casseroles pour me chauffer du maïs en crème avec des bouts de saucisses en sauce et des fèves au lard. J'avalai mon repas avec avidité. Ensuite, je décidai de me promener. Au pied d'une côte abrupte en direction du lac, je découvris un canot et dessous, un aviron. Je les traînai jusqu'à l'eau et m'embarquai. Le soleil de midi avait tout ensorcelé par sa chaleur horizontale du début de mai. Le lac était aussi immobile que les essaims de moucherons au-dessus des marais à castors, derrière le rideau d'arbres du bord.

Le poids des jours précédents se fit sentir quand j'atteignis une île au-devant. Pris d'une nausée, je ramenai l'aviron à l'intérieur, m'allongeai pour ne pas vomir. Mon embarcation buta contre un tronc qui s'avançait dans l'eau. Je perdis connaissance jusqu'à la nuit. En m'éveillant, je sentis ma peau brûler atrocement à cause d'un coup de soleil. Le courant m'avait emporté jusqu'à une rivière en aval. Mon état physique ne s'était guère amélioré. Je grelottais à cause du froid et de l'humidité. J'avais tant de peine à me relever que je dus rester couché. De temps en temps, j'allongeais la main dans l'eau pour en boire quelques gorgées, la tête tournée avec difficulté. La nuit entière, je me sentis descendre à une vitesse vertigineuse, malgré que mon canot avançât à peine. Brûlant de fièvre, les lèvres desséchées, je bus sans arrêt, mais sans jamais étancher ma soif.

Je perdis connaissance à nouveau, je rêvai. Quand je m'éveillai, le jour était revenu et mon embarcation s'était immobilisée. Une femme me regardait, mon livre entre ses mains.

— Comment t'appelles-tu, bel ange qui repose? me demanda-t-elle.

— Je suis Émile Lennigan. Je vais mourir et je ne vaux pas grand-chose.

La femme mystérieuse rit, se mit debout.

— Moi, Émile, tu peux m'appeler ta petite "Blasphème au pain". Si je suis avec toi aujourd'hui, c'est que tu as bientôt fini de souffrir. Viens, embarque sur mon dos et élance-toi! C'est pour ça que je suis ici, pour que tu puisses enfin prendre ton essor. Allons, Émile, regarde : j'ai apporté une lampe de poche. N'aie pas peur, le canot ne risque pas de basculer. Le canot a été fait pour que tu viennes nous éclairer.

Je montai sur le dos de Blasphème-au-pain comme elle m'avait invité à le faire. Je pris la lampe de poche, l'allumai. Blasphème-au-pain constituait une monture infatigable. Accroché à son dos, mes forces revenaient rapidement, et je jouissais de plus en plus de ma petite lampe, rivalisant avec l'éclat même du firmament. Des paroles se firent entendre autour de nous, paraissant émaner des arbres : "Or, voici que par le vent des tempêtes se déchira le voile, arraché aux parois. Les maudits prirent fuite. On eût dit que le poids de leur forfait divin s'écroulait sur leurs têtes. Complainte de quelque Église exilée, hors du boudoir où l'amour régit!" Blasphème-au-pain riait aigu comme un cri de chauve-souris. Le canot s'était mis à remonter le courant. Tous les deux, nous avalions l'écume des vagues dressées comme des murs devant nous, en claquant des mâchoires tant nous avions froid. Nous allions vite, nous riions, je retrouvais du plaisir à vivre.

Soudain, je vis le livre s'ouvrir au bout, dans la pince. Je me raidis de peur, descendis de Blasphème-au-pain. Tremblante, celle-ci s'agenouilla en sanglotant. Je pris le livre, lus ce qui suit :

Je remarquais toujours ce grand Jésus de plâtre,
Dressé comme un pardon devant l'échafaud
*   idolâtre,*
Le regard bleu rêvant,
À l'heure où les cri-cri folâtrent

Et j'entendais en moi des marteaux convulsifs,
Çà et là, n'importe où, dans l'allée aux statues
Aux yeux ensorcelants.

Alors, le Mystérieux Croissant a poussé la
*   grande porte.*
Il entra avec ce qu'Il apportait.
Il détacha de son cou une écharpe,
Où d'un château hanté se hérissaient les tours
*   d'anciens jours,*

Pour ne pas voir les choses de feu d'automne,
En mon cœur, tuées.

Nous accostâmes et je nous préparai un feu. Ma compagne se coucha à mes pieds, accepta sans mot dire ce que je nous trouvai à manger. Après le repas, nous regardâmes le ciel se couvrir de son grésil d'étoiles. Nous nous étendîmes côte à côte, sous la fesse du canot. Blasphème-au-pain me dit :

— J'ai peur...

Je la regardai. Je me penchai sur elle, l'embrassai dans les cheveux. Elle parut dormir. Je promis avec ferveur de ne jamais l'abandonner. Pour moi, n'étant âgé que de quatorze ans, promettre n'importe quoi n'était vraiment pas difficile, et ne voulait certes rien dire.»

BEAUHARNOIS

Après cette histoire, Félix Fénéon eut le goût de se promener.

Dans un parc, du pain émietté échauffait des moineaux. Un portique d'église égrenait un convoi funéraire. Un brocanteur demandait trop cher pour une affiche jaunie d'Orson Welles.

De retour vers dix-neuf heures, il entendit le téléphone sonner.

— Allô, Félix?

Il sourit avec un brin de suffisance. C'était Marie-Étienne.

— Tu avais raison! La scène où John Cassavetes explose dans *The Fury* de Brian DePalma est impayable! Alors, qu'est-ce que t'en dis? Tu viens souper chez nous ce soir? On a loué *Beyond the Thunderdome* et *The Running Man*.

— Ben, j'ai mon exposé sur l'instinct de mort après-demain. J'aurai pas le temps.

— Tu sais, Félix, je pense que c'est vrai ce qu'ils disent: qu'au XXIe siècle, la grande affaire sera de ramener les gens perdus dans la réalité virtuelle.

— Écoute, Marie-Étienne, ma mère est supposée m'appeler. Je te redonne des nouvelles!

Vers dix-neuf heures trente, sa mère appela.

— C'est pas mêlant, dit-elle, il y a à peu près juste le téléphone qui marche encore dans la maison!

— Qu'est-ce qui est arrivé, donc?

— Notre vidéo est déjà brisé. Faut aller au magasin demain. Quand on utilise la marche arrière, des barres blanches se mettent à traverser l'écran, et la machine chauffe. À part ça, ton père est resté pris au magasin général en allant au chalet. La voiture partait plus. Un contact électronique défectueux, il paraît. Pis toi, quand est-ce que tu descends?

— Pas cette fin de semaine, 'man, j'ai un exposé à faire lundi à l'université.

La voisine, Marjo Mariel, ne se doutait de rien. Ou de si peu... pensa Félix en écoutant d'une oreille distraite sa mère lui défiler les derniers scandales de Beauharnois. C'était dommage, en quelque sorte, que les gens seuls ne sachent rien de ceux qui les aimaient. Soir après soir, Félix Fénéon s'allongeait en rêve à côté de la jeune femme, avant de s'endormir en rêve avec elle, chaque soir. Quoique... Marjo Mariel n'était plus vraiment ce qu'on appelle une jeune femme. Elle devait bien avoir dans la quarantaine. Mais elle dissimulait tant de fatigue et d'isolement sous le sourire qu'affichait son visage encore frais. Voilà ce qui était bouleversant. Comme c'était malheureux d'aimer quelqu'un violemment, sans jamais prévoir obtenir le courage de le lui révéler, continuait de songer Félix Fénéon.

Il arrivait parfois qu'il entende Marjo sortir de son logement au troisième, qu'il se dépêche pour la croiser dans l'escalier et lui dire bonjour.

— Bonjour, Marjo! Bonne journée...

Puis, il faisait semblant de se rendre chez le dépanneur du coin.

On ne voit plus la poussière

ADAGIO

Des mèches rebondissent quand elle enlève le bandeau de ses cheveux. Devant la fenêtre — grosses hanches, bras levés —, Stanford s'étire, se roule une cigarette. Le déclic d'un téléviseur qu'on éteint se produit en haut de l'escalier. Derby entre dans la cuisine à côté de laquelle il vient prendre un bain :

— Un homme est amoureux d'une belle rousse qui le trompe. Les deux, ils roulent sur un pont à grande vitesse. En contrebas, il y a l'eau, les maisons, les arbres. C'est la fin. J'étais ému.

Stanford lit paisiblement. Ensuite, elle dépose le livre en soupirant. Dehors, la neige tombe dans sa si tranquille déclinaison. Les flocons se touchent, tourbillonnent par moments.

— Je suis en ce moment malléable comme de la cire, s'écrie Derby avec un accent pointu.

Stanford taille une robe sur la table. Derby chantonne en se savonnant. Le téléphone sonne. Stanford va répondre dans le salon, revient dans la cuisine.

— Le photographe s'est blessé à un pied dans le sable, dit-elle. La voiture a dépassé un camion et failli percuter un vieillard sur un banc. En ville, un homme est sorti d'un musée, armé d'un fusil, habillé de blanc. Madeleine et Pfeiffer se sont baignés dans la mer, entourés de garçons.

— Il serait plaisant de sauter nus dans l'herbe, après avoir dormi allongés contre nos bicyclettes, n'est-ce pas Stanford?

Les chats entrent dans la cuisine, puis restent immobiles, arrêtés comme les pyramides du désert.

— Oui, rétorque Stanford, les mains croisées dans le dos.

Plus loin, le blanc du jour tourne au gris. Une à une, les voisins allument les fenêtres des salons.

— *Une politique photographique.* C'était ça le titre du film.

— Hum! songe Stanford en rangeant la robe.

ANDANTE

Le téléphone sonne de nouveau. Derby sort de la baignoire. Il s'essuie en détaillant une photo de gratte-ciel surmontant un calendrier. Il monte en courant à la chambre. Stanford est assise sur le lit, les yeux fixant la télévision.

— Mets le boubou aux éléphants orange et gris pour me faire plaisir, Derby...

Les étalons hennissent en se cabrant. Un homme au nœud papillon gratte sa guitare électrique devant un miroir. Un garçon embrasse une fille aux cheveux blonds. Une famille pleure son fils assassiné de dix-sept coups de couteau. Une femme en short rouge susurre à la caméra : «Ce moment est plein comme un cube de glace. Je ne désire rien d'autre.»

Derby tourne lentement sur lui-même, pour parader le boubou, les yeux fermés. Stanford tire une cigarette de son sac à main, l'allume. Elle arrache un morceau à une baguette de pain. Elle enfile des escarpins, des gants verts qui montent haut sur ses avant-bras. Elle dessine.

— Je tourne, Stanford, je suis dans un vélo-drome à tourner sans fin. Mais je tombe au milieu des vélos, je tombe endormi... À New York, com-bien crois-tu qu'il peut y avoir de gratte-ciel?

— Viens voir, Derby. Ici, cette roche au milieu du lac, tu vois : c'est nous deux.

Derby arrête de tourner, pointe Stanford du doigt, puis se pointe du doigt, d'un air incrédule. Il se laisse tomber à côté d'elle dans le lit :

— Ma chérie, crois-tu que les Noirs dans la brousse soient plus heureux que nous?

ALLEGRO

Madeleine sort de la cabine téléphonique en grelottant et hèle un taxi.

— S'il vous plaît, monsieur : Le Festin de Tobago, coin Ange et Everett. Dans le nord, près de Jean-Talon.

À la radio, les Canadiens de Montréal disputent un match aux Sabres de Buffalo.

— Ça sera parfait ici. Combien je vous dois ?

Au spécial du jour : potage à la queue de bœuf, babotie, crêpe antillaise. Pfeiffer se pince le menton en grimaçant, les yeux sur le menu, tandis que Madeleine s'assoit devant lui.

— Aye, Pfeif, pourquoi la grimace ?

— Je sais pas trop comment te dire ça, Mado, mais il y a Gatti à quelques tables derrière nous.

Le visage de Madeleine s'assombrit.

— Décidément, Gatti... Elle me tombe tellement sur les nerfs que je l'enverrais expérimenter quelque chose d'authentiquement tiers-mondiste, comme une clitoridectomie. Je suppose que sainte mère Gatti va nous annoncer qu'elle arrive encore d'une marche pour la paix dans le monde ?

— Voyons, sois raisonnable, Mado... En tout cas, moi, je commande le *satay* au poulet, sauce aux arachides.

— Ouais, je suppose que t'as raison, Pfeif.

— Et toi, Beaudet, tu prends quoi?

— Bon, la babotie, moi non plus, ça me tente pas tant que ça. Disons les crevettes et le crabe au cari.

— Et comme entrée?

— Qu'est-ce tu dirais de partager une salade waldorf?

— «*Thou marshall'st me the way that I was going.*»

Madeleine embrasse Pfeiffer.

— Lully a dû emmener la Jungfrau se faire arracher une molaire pendant qu'on était partis.

— Écoute-moi ça, Pfeif, je l'ai noté tellement que c'est beau : «Je vous écris en ce jour bienheureux, le dernier de ma vie; les douleurs de vessie et d'entrailles que j'éprouve ne sauraient être plus intenses; mais à tout cela, la joie de mon âme a résisté, au souvenir de nos entretiens passés.»

— Tabarnak, Mado! Où t'as pogné ça?

— À la bibliothèque, dans une encyclopédie. C'est Épicure qui écrit à son ami Idoménée. J'ai totalement capoté, Pfeiffer, quand j'ai lu ça. Imagine, Épicure, il prônait une espèce de vie qu'il appelait le «vivre caché». À la base de sa philosophie, deux «instruments fondamentaux de la joie de vivre» : conscience d'être mortel et communion dans l'amitié. C'est de là que viendrait le concept d'œcuménisme.

Pfeiffer lève la tête de son assiette, que le garçon vient de déposer devant lui, et regarde Madeleine, rayonnant.

— Ah! Mado, c'est presque aussi beau que mon *satay* et que tes pattes de crabe!

Madeleine et Pfeiffer font tinter leurs verres d'eau.

— T'as parlé à Stanford-Derby?

— Oui… Je les ai rappelés pour leur dire qu'on venait souper ici, mais ça a pas répondu. Toi, qu'est-ce t'as fait aujourd'hui?

— Ben, j'ai longuement regardé des photos de Jacques-Henri Lartigue en buvant mon café au lit. La chambre était remplie de soleil. Dehors, l'eau dégouttait des glaçons. J'ai fermé les yeux et je me suis rendormi en pensant à cette histoire du Barnett-Newman au Musée des beaux-arts du Canada. Quand je me suis réveillé, il faisait plus sombre; le soleil était rendu de l'autre côté de la maison. J'ai mangé des rôties avec la marmelade de citrouille de ma mère. Puis j'ai pris une douche, j'ai nourri la Jungfrau, je suis sorti. Je suis allé m'asseoir sur un banc dans le parc en face de l'école. J'ai pris une photo d'un enfant qui pleurait au bras de sa mère plutôt souriante. Ensuite, je me suis rendu au Naipaul, où j'ai parcouru un journal en fumant une cigarette. La serveuse, Mary Knoll, m'a dit qu'elle aurait un petit rôle dans un film qui s'appelle *La Tension essentielle*. Puis les «divines» Jessica et Mig sont entrées. Mig a relevé ses verres fumés sur son front en me disant : «Pour combattre le stress, elles ont choisi le Fujicolor.» Les trois, on a pas mal déconné. Les filles arrivaient du K-Unit où elles répètent avec la compagnie Les Ombres de Paul Celan la pièce *Sholum generale* de Louis Mink. Plus tard, en venant ici te rencontrer, je me suis rappelé nos vacances. Les enfants noirs couraient devant nous, mouillés, tu t'arrêtais un moment pour regarder, le soir tombait sur la mer.

Madeleine caresse le visage de Pfeiffer, sourit.

— «Arrive pour que les barques et les orages...», Madeleine Beaudet ma compagne, lui souffle Pfeiffer.

FORTE

Le film vient de prendre fin, les gens sortent dans la rue. Alexandre Brissou accroche Hoveza Yagobzadeh par le cou et ils restent enserrés quelque temps, au milieu de la foule. Pfeiffer, suivi de Derby, entre au TWA.

Le bar-café est rempli de jeunes gens. À l'écran géant, un cow-boy gravit une pente, suivi de son cheval. La neige a déposé sa poudre glissante sur les pierres, le ciel est lourd, la neige menace encore.

Derby enlève sa calotte de laine, la dépose avec son manteau sur la chaise. Il déroule son écharpe et se frotte les mains pour les réchauffer. Pfeiffer commande de la bière.

À l'écran, un monomoteur tente d'atterrir. Le village accourt vers lui. Deux filles à la table voisine discutent avec animation.

— Crois-tu que je suis folle de vouloir quitter Paulino, Webb?

Une serveuse aux seins moelleux apporte la bière aux tables.

— En ce moment, Flemm, si ça te dérange pas, j'essaie moi-même de comprendre ce qui m'arrive, c'est un méchant contrat. Un jour, je suis composée comme un idéal écologique, je fonctionne sagement comme il faut, je suis une femme parfaite, dans la rue, à la Caisse, au magasin, à la maison. Et le jour d'après, j'ai envie de foncer dans une taverne, de monter sur les tables et d'envoyer revoler les pichets, de voir la bière couler sur le monde, de me rouler sur le plancher sale, le corps plein de vitre, beurré de sang. Flemm, les choses de tous les jours me rendent tellement folle des fois, je sens tellement que je suis pas normale. Des soirs, je m'électrocuterais avec un radio dans mon bain plutôt que de me lever le lendemain au son du cadran obligatoirement, de marcher droit vers ma boîte de céréales, m'asseoir huit heures dans des bureaux dont j'ai rien à foutre, regarder à droite et à gauche avant de traverser la

rue, comme si j'étais dans une espèce de transe continuelle dès que je mets le pied dans une nouvelle
semaine. Et j'ai beau faire, j'arrive pas à enligner
trois maudites minutes sur un minimum d'ordre vi-
vable. Moi-même, je me trouve quasiment invivable.
Alors, eux autres, si fallait qu'ils aient raison, tu peux
me le dire, toi, si fallait que ces crisses-là aient
raison?

Pfeiffer et Derby sirotent leur bière, les yeux
fixés sur les jeunes femmes. À l'écran, trois paysans
font avancer péniblement une charrette de foin dans
la plaine, vers des montagnes profilées dans la brume
à l'horizon.

— Tu sais Paulino, il est pas mal fou lui aussi.
Ces temps-ci, il ramène des tas de types à l'appartement. Au-dessus de son lit, il a épinglé Martin
Luther King; à côté de cette photo, on dirait qui le
vise, un tireur masqué à Naplouse. Il arrête pas de
me parler d'exil à Babylone, de guérisons mira-
culeuses dans le Massachusetts, de nation élue. Ça
n'a aucun bon sens, son histoire. Quand je lui dis que
ça y est, qu'on s'en va, ailleurs, n'importe où, il
menace de se tuer, il arrive à la maison bourré de
pilules, il passe la nuit à vomir. Puis quand on fait
l'amour ensemble, il pleure, je lui demande pourquoi, il me répond «parce que c'est donc beau», il
me répond des choses comme «on dirait la Cata-
strophe» ou «en souvenir de l'espèce humaine».

Un homme coiffé d'une casquette manœuvre un
poids lourd dans une ville au matin. Des vieillards

en chemise lisent attentivement une affiche au mur d'un magasin général. Le camion explose. La carrosserie vole dans la rue en brûlant et atteint un piéton qui prend flamme lui aussi.

Pfeiffer sort deux Winston de son paquet. Derby tire un briquet de sa poche. Deux garçons quittent le TWA, se dirigent vers le métro. L'un d'eux éclate de rire, lève la jambe et pompe le bras, comme un joueur de hockey après un tour du chapeau.

Celle qui s'appelle Webb grimace en accompagnant les paroles de la chanson.

— La musique est pas assez forte, je trouve. À soir, j'ai l'impression que je m'assoirais dans une des boîtes de son, ce serait pas assez fort.

Elle grimace en chantant encore une fois.

— Entends-tu ça, Flemm?... «*I hate... side-walkin'...*» Des fois, j'ai tellement l'impression de rater ma vie. Je sais bien que c'est niaiseux ce que je dis. Mais ça se peut-tu se sentir nulle comme ça des jours entiers? Je suis chez moi. Il est une heure de l'après-midi, un samedi. J'allume la télévision. Vingt minutes plus tard, je l'éteins. Pis c'est incroyable, je suis pas capable de rien faire pendant des heures, je mordrais le divan si je me retenais pas. Je mordrais les pattes de la table, littéralement. Alors, je me lève debout et je marche dans la cuisine, pour me faire à manger. Pourtant, j'ai pas faim. Je rallume la télévision, sacrament. Qu'est-ce que je pourrais bien faire de constructif? C'est ça que je me demande, en regardant la télévision, c'est ça que je me demande, jour après jour, et bondieu que c'est court au fond les jours, que ça t'emmène donc juste au bout d'une petite crisse de bébelle chaque fois. C'est toujours pareil, on dirait. Tu t'assois, pis après tu te dis : c'est donc petit, maudit. Mais *that's it, that's all,* câlisse, pis qui mangent donc un char de marde, un jour, t'en as-tu assez, oui ou non ?

— Quand tu parles comme ça, n'empêche que tu m'énerves, Webb... Tu aides personne, je trouve.

— Le sais-tu, toi, combien il y a d'espèces vivantes sur terre ? Le sais-tu, câlisse ? Dire que j'aurais pu être n'importe quoi, dire que c'est ça que je suis au fond, n'importe quoi... Pis faut que j'agonise comme une débile, des jours entiers, de ce n'importe quoi-là. C'est trop niaiseux, bondieu. Jeanne d'Arc, c'est bien dommage, c'est une joke à côté de nous autres : Jeanne d'Arc est morte depuis cinq cents ans, ostie. Pis les gars, on a beau dire, c'est des beaux ostie de mous quand même ! Moi, quand je veux quelqu'un, je t'assure, ça me rend folle. Je me couche avec dans la tête, je me lève avec dans la tête, je chie sur le bol avec dans la tête. C. P. R., il peut bien parler de passion et de Beethoven comme s'il avait la *Sixième* tatouée dans les culottes, il n'en demeure pas moins qu'il est aussi pogné que tout le monde, sacrament. Il vit comme il peut, pis c'est pas évident, ça c'est ben sûr. Mais moi, je trouve donc que ça changerait le mal de place d'embrasser quelqu'un dans le parc Jeanne-Mance à moins vingt-cinq, juste parce que t'as ton voyage, sans penser à ta mère, à ton père, à Jeannette Bertrand ou au Québec, tabarnak!

— Toi, en tout cas, tu penses juste à toi. Fous-lui la paix à C. P. R. Si y a une chose qu'il a pas besoin en ce moment, je pense, c'est ben toi.

FINALE

Le métro entre à la station Joliette à soixante-quatre kilomètres à l'heure. Les portes s'ouvrent quelque dix-huit secondes. Le métro repart dans un vent tiède de poussière de tissu. Un parcoureur de la voie, chaussé de forts souliers antiélectriques, laisse passer le convoi après avoir extirpé un sac de chips coincé sous un rail alimenté de 750 volts. Depuis la station Frontenac, une «fosse à suicides» a été aménagée sur le radier, en vue de prévenir les morts par écrasement.

Hoveza Yagobzadeh regarde un vidéo avec Eva Marton en Turandot, allongée dans son lit, un cahier sur les cuisses :

«Cher Half Moon,
Voici plus de sept mois que nous nous sommes quittés, et je pense toujours à toi. Tu restes la seule personne à qui je puisse dire ce qui suit : ces

temps-ci, j'ai l'impression d'assister à l'accomplissement en moi d'un rigoureux dédoublement. Jusque-là, j'aurai vainement essayé de mettre un terme à une croissante anxiété, et qui date de bien avant notre rencontre. Ce dédoublement répond surtout à des fins pratiques. Il semble sauvegarder mon être véritable et impossible, en me permettant de vivre. À défaut de pouvoir jamais me rapprocher réellement de qui que ce soit, il est devenu vital de faire intervenir ce double, qui accomplit les actes de l'humanité pour moi. Mon double se charge désormais de vivre, le plus irréprochablement. Je l'admire, étrangère comme une bouteille au fond d'un ruisseau. C'est mon bon intendant.»

Alexandre Brissou entre dans la chambre. Il s'assoit au bout du lit pour enlever son jeans.

— Encore en train de travailler?

— Ben oui… je cherchais des idées pour mon travail en intervention radiophonique.

Hoveza fait une boule de la page qu'elle vient d'écrire, l'envoie sous la table de travail, près de la fenêtre, rejoindre un tas de papiers chiffonnés.

— Tu éteins la télévision?

Alexandre s'allonge sous les couvertures contre son amie. Hoveza Yagobzadeh se tourne, s'étend sur lui, prend la tête d'Alexandre Brissou avec tendresse et embrasse son beau visage râpeux de garçon.

Le métro arrive à la station Honoré-Beaugrand en riant aux éclats, comme le violon d'un violoneux.

À la recherche de La Pérouse

«Il fallut quitter Rivière-du-Loup. Une fumée grasse avait monté au-dessus des tracs de la CN pendant la pleine lune de septembre. Aline Barclay partit au matin. En route vers le terminus, une vision s'empara d'elle. La fatigue, la nervosité devant le voyage jusqu'à Montréal, l'inconnu avaient sûrement compté dans le déclenchement de l'hallucination : celle d'un bébé d'à peine un an, embroché sur la clôture Frost de la maison de ses parents, chemin des Équipements.

Les visions n'étaient pas nouvelles dans la vie d'Aline. Petite, des choses avaient pris forme devant ses yeux, incompréhensibles. Avec les années, ainsi qu'une certaine pratique, elle avait réussi à distinguer les images. Subitement, n'importe où, surgissaient des processions d'enfants et de femmes pleins d'ecchymoses et portant hauts-de-forme; des cochons égorgés, maintenus en laisse par des arbres avançant sous la pluie; une tempête de neige à l'intérieur d'un avion; des vieillards harnachés de minerves et lançant des dessus-de-plat. Aline parvenait maintenant à arrêter là ces tableaux. Livrés à eux-mêmes, elle en était convaincue, leurs symboles envahiraient le monde, puis à cause de leur fondamentale malignité, le détruiraient.

Toujours planait autour d'Aline Barclay le spectre de la Destruction.»

Je replaçai la revue sur la tablette, m'approchai de la caisse pour acheter *La Presse* du samedi. À la radio, monologuait une femme :

«Finalement, la vérité, mais qu'on n'entend pas dire, c'est plutôt celle-ci : quelque part, nous sommes tous des mangeurs d'homme.»

L'animateur partit à rire. La monologueuse reprit :

«Comme c'est dommage de ne pas saisir notre ressemblance avec les Germains : soulagés de la honte de notre barbarie par une sanglante paix romaine. J'aime les hommes avec l'audace de régler les guerres par un coup de dés. Ce sont les mêmes voulant que "la vie consiste en sang". Quand je ferme les yeux, j'entends crier aussi fort que n'importe qui. Mais pour moi, la *Charte des droits et libertés* constitue un mythe assurant la défense de l'utopie de la paix universelle ourdie par des bonimenteurs fortunés ou en voie de l'être. Nous sommes les esclaves d'une industrie qui fabrique la paix au prix de nos vies. Je dis esclaves parce que l'homme travaille dans l'obligation quand il travaille par devoir. Dans le malheur, la violence existe partout où ne sévit pas la lâcheté. Oublier que l'homme est d'abord un mangeur d'homme, c'est oublier l'honneur. D'ailleurs, l'homme d'honneur n'a jamais sacrifié autrui en vain tandis que les vaniteux, c'est bien connu, sont violents sans honneur. Alors ne vous étonnez pas si je racle mes pieds sur ce plancher comme un cardinal après le *Miserere* d'Allegri : notre chaos appelle son nouveau Dieu. Car comment savoir si notre raison n'est pas, par principe, corrompue? Comment avoir confiance en l'homme? Oui, le chaos aiguise notre appétit.»

— Il vous revient 13,63$, madame, me dit le jeune homme à la caisse.

Avenue du Parc, le soleil chauffait malgré le picotement de janvier. L'expression «terre Adélie» me revint en mémoire. Un explorateur du siècle dernier avait ainsi donné le nom de son épouse à un champ de glace antarctique habité par des colonies de manchots. D'autres avaient péri dans des voyages semblables, dévorés par les indigènes, d'après ce qu'on dit.

Devenir heureux, délier la peur ne sont pas faciles. Je croisai la foule dans un reflet de vitrine. Dos à la lumière, nous refusions de nous envoler, ballottés par notre marée.

Dimanche, jour du docteur

Je suis désespérée, docteur, et ne possède aucun souvenir où je ne l'ai pas été. Des morceaux de joie, il y en a, mais insistants d'infirmité. Seulement à force de désespoir, je parviens à m'exciter jusqu'au bonheur.

Je suis totalement physique, docteur; j'ai souvent l'impression de ne pas avoir d'âme. Même mon cerveau m'apparaît physique et je rapproche sans difficulté mon plaisir de penser ou d'analyser sans arrêt d'une délectation sexuelle. Peut-être suis-je totalement sexuelle, docteur. Si j'avais une âme, je crois que je vivrais mieux.

Quelle chose exaspérante qu'un être sans âme. Il nage dans la maladie continuelle de son corps, mais préfère parler aux esprits plutôt qu'aux humains. Il vit en passant, absent de réalité. L'alcool lui convient tout à fait. Et depuis les deux ans où il n'a pas bu un seul premier verre, il n'y a pas un jour, il le jure, où il n'aurait pas désiré boire jusqu'à stupéfaction.

Dans ma vie, docteur, j'ai eu envie d'ivresse à chaque insensible rotation de la terre, voilà ma passion et ma joie. Mais ce n'est pas une folie que j'ai envie de crier sur les toits. Mon monde est assez obsessif pour que personne n'accepte de le reconnaître sinon ceux qui partagent la manie de l'enivrement avec moi. De plus, nous allons dans la honte, docteur, et il n'existe aucune explication à cette humiliation puisque je l'aurais trouvée, moi qui cherche sans arrêt des raisons. Non, mes complices et moi souffrons pour rien, nous sommes ainsi, sans raison.

Le Mystère paraît se diviser en deux, docteur, d'après ce que j'en comprends. Les uns vont dans le monde comme s'ils étaient capables de vivre sans s'égarer et les autres en sont simplement incapables. Quelques incapables ont-ils été ramenés en lieu sûr par la Lumière, ont-ils vraiment trouvé un jour, dans la foi, leur chemin? J'en doute, puis on me dit que c'est le seul espoir.

Moi, je n'arrive à respecter en Dieu que la permanence de son silence. Je n'ai pas accepté qu'il soit fait homme, capable d'amour par surcroît. Je me garde avec lui en solitude éternelle, l'exemplaire étant d'avoir la force de devenir n'importe quoi à son image : une chenille dans un arbre, un macaroni dans une soupe.

Docteur, si seulement l'Amour agissait contre ma volonté en m'appelant vers Lui, par miracle.

ÉCLAT EMPRUNTÉ

En ville, on apporte un livre au restaurant, on tient une conférence dans sa tête, on brasse des images comme d'autres brassent des millions.

Puis qu'est-ce qui empêche quelqu'un de s'étendre par terre dans une ruelle pour imiter un Sicilien baignant dans son sang? Rien ni personne; la ville est comme cela.

La solitude est parfois proche de la mort au point qu'on sursaute parce qu'on n'a pas plongé à l'approche du métro. Deux jeunes hommes choisissent votre wagon. Vous souhaitez intensément qu'ils s'assoient devant vous pour vous emmener quelque part. Il est vrai que vous avez quelque chose de Jeanne Moreau sortant de prison; qu'ils paraissent avoir, eux, cette envie de toucher aux femmes tristes de Dewaere et Depardieu dans *Les Valseuses*.

Ne sait-on pas s'évanouir à temps? Est-ce pour cette raison qu'on se sent toujours fatiguée? Petite, Isabelle ma mère m'emmenait à la foire d'août. Je rêvais d'entrer dans les tentes où des monstres étaient annoncés. Je me souviens mieux de la foire de mon enfance que d'hier. Parce qu'hier, comme avant-hier, je n'ai rien fait de bon.

Les objets les plus importants de ce monde sont quelquefois les suivants : les fusils de chasse au mur des remises humides; les paquets de viande craquetants comme des cigales en revenant de la boucherie par les chemins de goudron; les néons dans les cuisines de chalets où courent d'invisibles souris; et pour fuir loin, les automobiles américaines ou les livres méchants.

Vivre était facile avant. La lumière allumait n'importe quelle babiole pour que nous la poursuivions comme un troupeau d'enfants africains barbouillés de boue des champs.

Jeune, j'ai des souvenirs de joie qui feraient sortir les aurores boréales dans le firmament.

LUI

Il a seize ans, comme moi, il y a vingt ans. À cet âge, je me souviens, j'en connaissais autant qu'aujourd'hui, mais ne le savais pas.

Dès son regard sur mes seins, j'ai envie d'être à lui. Je sais qu'il se sent exactement comme moi; d'ailleurs, il me l'a dit : «Le temps est long.» Je rêve de rejoindre avec ce garçon un monde semblable à une carte géographique de l'époque de Christophe Colomb. N'est-ce pas que ces drôles de plateaux ont l'air de nids suspendus en plein univers?

J'ai un ami qui aime dessiner. Je lui ai demandé le portrait de ma carte de rêve. Je lui ai avoué ceci :

«Je ne nie pas que je sois un rapace, dans ce dessin, vois-tu? J'ai de petits yeux placés sur les côtés, c'est certain. En moi, il y a communauté d'esprit immédiate avec toutes les formes de violence physique — viols, décapitations, suicides. Quand j'achète un journal, je préfère celui avec le plus de photos. Je ne détourne pas la tête au cinéma quand on y fait une autopsie ni ne me dégoûte des scènes à caractère sadique. Tu peux mettre un symbole pour l'indiquer, sur ma carte.

L'enfant dont je te parle, on dira que je le détourne. Mais nous savons qu'il cherche quelqu'un désespérément alors que la société n'a personne à lui offrir, sauf moi. Que je sois un dragon, je ne le nie pas non plus. Je nage aussi bien que je vole, surtout j'ai le sang noir et jaune des dragons.

Couche-moi dans le ciel, en Juive nue de Chagal, cela me ferait plaisir, et si tu me fais commencer à manger l'enfant, je ne dirai rien. Même si c'est ignoble qu'une femme se mette à dévorer loin de la tanière, il se peut que tu aies raison de m'imaginer aussi affamée. Ajoute des mots, comme dans les cartes anciennes, du latin, de préférence. Tu sais que je l'ai étudié pendant un an au couvent.»

Ce qui me semble bien, c'est qu'on puisse glisser jusqu'en bas de ces cartes. Peut-être s'envoler?

Le monde a bien changé. La terre est désormais ronde, fermée comme une roue.

La vie de nos jours ne vaut rien, elle n'intéresse personne. La vie, c'est la même chose que l'art, soit de la vengeance, soit le fait de s'apitoyer sur une culpabilité originelle. Rarement, une délivrance menace au milieu de nous comme un dragon! En vérité, il devrait nous être égal de vivre ou de mourir.

Pour être dévorée par le loup de ses seize ans, je n'hésiterais pas à aboyer sur une croix.

L'HÔTEL

Quand je découvre l'hôtel que j'habite en vacances, j'éprouve du soulagement. Il est en recoins et tellement vaste que je n'en vois pas la fin. Je le découvre par hasard, comme si j'avais oublié d'ouvrir certaines portes. Il est rare cependant que je me rende loin dehors. Je sais qu'il y a des fenêtres hautes comme des murs du côté de la galerie, où se trouvent des fauteuils blancs.

Les blés sont d'un vert saturé de bleu dans les champs derrière la salle de bains. Je suis montée sur le bol de toilette pour mieux les voir. C'est drôle que la mer soit si loin. Encore que ce ne soit pas elle, mais bien ce qu'Isabelle appelle «un de ses bras».

La piscine est alimentée par une source dans la montagne. L'eau est aussi froide que le sang d'un noyé. J'y nage sans arrêt : vingt longueurs de piscine; trente, quarante. Un jour, je nagerai à mort.

Je marche pieds nus sur le toit. La lavandière y étend le linge. Elle rit de mes bras de fille riche. Je n'arrive même pas à tordre trois draps de file. Le vent claque de partout. On s'imagine qu'on pourrait monter en tournoyant dans l'entonnoir du ciel comme la Vierge Marie, pour disparaître dans un vaisseau spatial. Je commence à voir des coquerelles sur le bord des nuages. Isabelle me gifle. Après quelques minutes de délire sur un feu dans une chapelle, je reviens à moi.

Il est à la porte. Il a enlevé ses verres fumés ridicules. Comme il est gras et blanc ! J'ai déjà envie d'avoir son petit boudin dans ma bouche, même si c'est la première fois. Ça ne goûte pas aussi fort que les huîtres, mais quelque chose comme ça. Plus tard, il m'enseignera à lui mettre de l'huile sacrée. Il ne bouge pas vraiment, il s'arque de plus en plus. Je n'avalerai jamais ce qui lui sort de là. Même des années plus tard, j'aurai de la difficulté à avaler ça.

C'est le seul homme que j'aie connu à me faire l'amour après être venu. J'avais douze ans. Vous imaginez comme je devais être légère. Ainsi, il pouvait me lever dans les airs et me lécher longtemps. Je n'avais plus qu'à me débattre dans le vide, comme une truite.

Comme les autres, j'ai cru rester prise et mourir au lac Kipawa, en revenant.

Des années plus tard, j'ai enfin quitté le Témiscamingue. Le premier homme que j'ai aimé, je ne l'ai jamais revu.

SA NOUVELLE AUTO

Ce soir, ça me fait du bien de pleurer parce que je n'ai personne à qui raconter ce qui m'arrive.

Des fois, j'entends un bruit, alors je me demande si la radio ne joue pas. Je me rends dans la cuisine vérifier si elle est allumée. Non, elle ne l'est pas. Pourtant, d'où viennent ces voix?

Que le chauffage soit trop fort ne me dérange pas. J'ai peur d'avoir froid. Je préfère me déshabiller. En fait, j'adore être nue.

Si je parle de radio, c'est que le médecin me l'a formellement interdite.

Pour mettre en échec mon anxiété, je prie. Ce n'est pas facile pour moi de croire. Tour à tour, j'essaie de m'accrocher à un quelconque système de salut. Il arrive que j'adhère à l'un d'eux pendant des jours, voire des mois. Des fois, je deviens religieuse. Soudain, je comprends le pardon, la Lumière et je sens des états de grâce. J'avance dans un poème de Claudel, haute comme King Kong, des pêcheurs me gigotant entre les doigts. Mais tôt ou tard, la Vérité s'effondre.

Honnêtement, croire est bien trop proche de travailler. Je respire mieux en vacances. J'envie les fainéants. J'ai le péché à portée de mémoire. Ma jeunesse, qu'en dirais-tu de me revenir maintenant ?

COURAGE

Je n'aime pas parler de « sa nouvelle auto ». Je fais mon possible pour éviter le sujet. J'arrive à peine à croire que je suis sortie vivante de cette auto maudite. Quand la grosse Chrysler blanche d'Isabelle a embouti la sapinette de l'autre côté du fossé, j'avais déjà lâché mon dernier alléluia ! Je priais depuis des semaines Claudel pour que l'image de la Cène reste en auréole au-dessus de mon lit la nuit. En conduisant, je chantais la chanson des Croisillons de troisième année de l'école du Très-Saint-Sacrement où j'avais étudié : « En avant, marchons ! En avant, marchons... »

Même au bout du monde, il se trouve un hibou pour chasser le mulot. Je me réveillai à l'hôpital, Isabelle en larmes à côté de moi.

— Maudite sans cœur de tabarnak! Tu penses que t'as le droit de me faire ça, à moé, mon ostie de vlimeuse de sans cœur! Tu penses que c'est ça qui va régler les problèmes, ma petite crisse de lâche! Tu penses que je t'ai mis sur la terre pour que tu nous lâches, viarge, pis que c'est de même que ça va se passer pis qu'on n'a pas un crisse de mot à redire, sacrament de baptême!

Longtemps, c'est elle qui est restée au lit et j'ai dû l'aider à se remettre de ce coup dur. J'aurais pu partir. J'avais mes raquettes dans la remise, un fusil au mur pour tirer de la perdrix, des alumettes de bois, comme Menaud remontant la rivière jusqu'au cœur encore frais de la forêt.

Le temps a fini par passer, mais je n'ai jamais oublié. Est-ce que je rêvais, est-ce que c'était vrai? Le vent faisait craquer les arbres autour de moi comme du maïs soufflé. Les nuages allaient plus vite que le vent. Je me sentais sur le point de voir se casser le fil d'ange me retenant à l'endroit où je m'étais immobilisée, comme sur le bord d'une paroi de roc glacé. En bas de cette paroi, j'allais dépasser les ours et les oies, passer tout droit et découvrir le reste de la carte...

Pan! J'ai ouvert les yeux pour apercevoir en première page du journal la photographie de la Chrysler écrabouillée dans le bois. Il y avait une pile de cadeaux sous l'arbre de Noël. L'un d'eux était pour moi. Je le déballai.

— Pourquoi m'as-tu acheté une valise, maman?

— Tu rentres au couvent. Le matin, tu vas te
lever avec les oiseaux pour étudier.

Seize ans! C'est vrai que je prierais souvent
pour migrer loin de Ville-Marie, avec les orignaux
ou les camions, cette année-là.

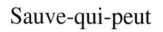

Sauve-qui-peut

La fois précédente, le thé était devenu trop noir. Monsieur Hudon avait tardé à enlever les sachets de la théière. Cependant, l'âcreté n'avait pas déplu à Claudine.

— En 1945, alors que vous aviez quatre ans, Germaine Guèvremont et Gabrielle Roy publiaient chacune une œuvre marquante; Anne Hébert écrivait *Le Torrent*.

— Moururent la même année Hitler et Mussolini. Furent fondées les Nations unies. Venez par ici, mademoiselle, j'ai rapporté la photo d'un ange sauvé des flammes de Nagasaki lors de ma dernière visite à l'Unesco, à Paris. Je suis professeur d'histoire, comme vous savez...

La première fois où Claudine était allée dans les Laurentides, c'était avec une amie de l'université. Cette dernière l'emmena visiter un hôtel cossu, habituellement fréquenté par des Québécois anglais. Longuement, les jeunes femmes admirèrent les photographies dans le hall d'entrée : figures blondes souriant au soleil étoilé des pentes, interrompues sur des skis ou attablées parmi les smokings et le feuilletis du cristal plein de vins célèbres et odorants.

— En 1968, monsieur Hudon, vous aviez le même âge que moi il y a huit ans. On jouait pour la première fois, au Théâtre du Rideau Vert, *Les Belles-Sœurs* de Michel Tremblay. Hubert Aquin faisait paraître *Trou de mémoire.*

— René Lévesque fonda le Parti québécois. On nageait en pleine trudeaumanie. Ma femme s'arrangeait comme Valérie. Mes enfants virent mourir Robert F. Kennedy en direct à la télévision.

— Monsieur Hudon, avez-vous lu *Jos Carbone*?

— Huit ans plus tard, je trouvais ma femme dans un coma toxique à notre chalet dans le Bas-du-Fleuve, à cause d'une tentative de suicide. Environnée de cadavres de souris qui avaient grignoté les pilules renversées par terre. Cette fois, tandis que je pleurais en attendant l'arrivée des ambulanciers, oui, j'ai pensé à un roman que j'avais lu étant enfant : *Un capitaine de quinze ans,* de Jules Vernes...

Claudine avait ouvert un livre au hasard. D'une voix sèche, elle avait récité :

«Au lendemain du meurtre de son époux, la Veuve erra au-dessus des mers jusqu'à Beyrouth, où elle prononça "mon enfant" dans le creux d'une oreille sanglante trouvée dans la rue, pour que les morceaux dispersés du bien-aimé reprennent vie.»

Monsieur Hudon avait ri en déposant sa tasse vide :

— Caligula rêvait d'un peuple à une seule tête qu'il ferait trancher d'un coup, mais c'est le peuple qui fit trancher le «capet» de Louis.

— «Les hommes pleurent parce que les choses ne sont pas ce qu'elles devraient être.»

Le regard fixe, il avait entraîné Claudine dans son lit.

APRÈS L'AMOUR

François Perreault arracha le bouton presque tombé de sa chemise de soie. Les voitures faisaient un bruit de saumons remontant une rivière, dans la pluie en bas de l'appartement, rue Sherbrooke Est.

— Ce qui m'enrage chez ma mère, dit François, c'est qu'au fond, elle ne veut pas me connaître.

Claudine feuilletait une revue. François lui demanda :

— Pourquoi cherches-tu qu'un homme aille au lit avec toi sans jamais témoigner d'attachement?

Avoir un enfant, pensa Claudine. Il serait là, ils apprendraient à se connaître, la mère et lui. L'amour lui paraissait possible seulement fait de lenteur et d'envie très gaie de préparer des repas, d'aller chercher des choses à l'extérieur pour les ramener à l'intérieur, sans qu'il ne manque rien ni à la mère ni à l'enfant. L'enfant saurait que la mère n'éprouve jamais d'embarras à parler avec des poissons ou des chats, qu'elle se fâche rarement. Un enfant a besoin de savoir peu de chose, dans son for intérieur, se dit Claudine. Il a besoin de savoir que la mère est bien, qu'il n'empêche pas la mère de vivre, au contraire, que sa présence lui apporte du plaisir, comme le ferait un cheval dans un champ, pendant les vacances en Gaspésie, ou un chien qui a fait une randonnée de ski de fond avec son maître et se couche devant le poêle à bois. Un enfant n'en veut pas plus que ça, au début et au long de la vie, malgré qu'un jour il s'adonne à des activités très personnelles ou sophistiquées. L'enfant, au fond, n'est qu'un gros animal domestique avec des possibilités compliquées.

— Je te l'ai déjà dit, François : l'Histoire tient les hommes en vie, pas l'amour.

Ce qui fatiguait Claudine à propos des années soixante, c'était leur exagération. Le Jacob actif du *Partenaire* de Bertolucci lui semblait le modèle du héros de cette époque : saignant du nez et citant Artaud par cœur, jour ou nuit. Lui tombait sur les nerfs le romantisme. Mais si légèrement, à présent, que cela lui paraissait un sentiment de la proportion d'une chiure d'albatros sur le pont d'un destroyer. Pour Claudine, tout était vécu désormais dans la vie comme au lit. Plus rien ne l'excitait vraiment, dans sa chair de femme. Parfois, il lui arrivait d'envier les naïvetés de la passion ou de la jalousie. Toutefois, elle se préférait distante comme l'Anglaise en skis des photographies, seule dans un monde immaculé d'objets de luxe : scènes d'hiver remplies de divorcés à BMW, portant parfums dispendieux, sur fond de musique de Dimitri Chostakovitch et de laminages d'Henri Cartier-Bresson.

— Il y a trente ans, on voulait faire tomber autant les masques qui cachaient la mort que ceux cachant la vie.

— Et...?

— Et, personne n'avait compris qu'après une révolution, il faudrait imaginer autrement chacune des anciennes situations. Les gens d'aujourd'hui sont des hommes qui se sont laissé changer en babouins par leur Dieu.

François rit, mais d'un air excédé. La veille, il avait appelé sa mère; ensuite, il avait été de mauvaise humeur le reste de la journée. Pourquoi devait-il sentir qu'il l'avait un jour trahie, il y avait de cela trente ans environ? Qu'elle ne s'en était jamais remise? Que depuis ce temps, elle tentait de lui taire ce grand malheur? Qu'il serait même responsable de sa mort, qui n'allait pas tarder, dans les années à venir, nécessairement.

— J'ai soif... As-tu un peu de jus? Je vais en boire un verre, puis rentrer.

Claudine se sentit soulagée. Elle avait hâte de se retrouver seule, déchargée de la honte de n'aimer personne.

«Les hommes circulent dans la cour comme des manants quand on est une vache comme moi, se disait-elle. On les regarde passer, esthètes, cruelles au fond, nous les vaches. Un homme ou un nuage, les deux sont du pareil au même. Ils n'ont plus de réalité, qu'une forme, que du mystère. Alors, on est prise d'attention pour cette obscurité, mais de si loin que parler avec eux devient parler avec Dieu; ou seule dans un champ de fleurs; ou seule dans une caverne couverte de peintures préhistoriques; ou seule allongée sur une plage, emmitouflée dans une couverture de laine, avec le ressac et les hurlements de goélands. Vus ainsi, les hommes sont aussi inoffensifs que des paysages. Et combien d'entre eux auraient la force de partager avec une femme la vision du monde d'un raton laveur, dites-moi?»

— Qu'est-ce que tu fais demain, Claudine?

— François, si j'ai envie de te voir, comme d'habitude, je te fais signe.

C'est là que j'ai mal

Était-ce à cause de l'article dans *L'Actualité* lu avant de s'endormir que Jacques avait fait cet affreux rêve ? « Albert Oriol : dompteur de volcans ».

Toujours est-il que Jacques rêva. Il se trouvait assis dans une cour d'école avec un ami d'enfance, jamais revu depuis. L'ami, affublé du nom de Samain, expliquait grâce à une photo comment la lave du volcan Nyamlagira en 1938 avait fertilisé une partie de l'Afrique. Jacques avait touché du doigt : les contours gras et spiralés de la matière écoulée lui rappelaient des replis de bedons ou de fesses. De la sueur avait perlé à son front. L'arrivée d'une deuxième photo fut bienvenue. Dessus, un hippopotame en furie chargeait la caméra. Jacques avait ri, mais d'une manière tellement incontrôlée qu'un accident fut bientôt arrivé. Le visage cramoisi, les mains agrippant le sol poussiéreux, Jacques avait regardé, impuissant, une flaque d'urine s'étaler sous lui. Samain s'était empressé de ramasser ses photos pour ne pas les abîmer, puis s'était levé d'un bond, avant de s'en aller.

Il arrive que les journées commencent par un mauvais rêve. Jacques eut beau gratter la limace de l'anxiété, il n'arrivait qu'à la remuer dans sa bave.

«Il faut que je me lève, que je me lave, j'ai l'impression de sentir la pisse partout dans la chambre.»

Pendant qu'il est dans la douche, le téléphone sonne sept, huit coups. Le répondeur n'a pas été branché. Tant pis! Une amie, Claire, vient de raccrocher.

Quelque part, qui n'est pas l'endroit où se trouve Jacques, les nuages chantent imperceptiblement aux cimes des montagnes. La neige se pose en flocons près du ciel. Sa blancheur est si pure qu'un homme sans lunettes spéciales peut en devenir aveugle. Un aigle a niché sur un arbre mort. Son nid abandonné est gros comme un pneu d'automobile.

Jacques prépare son déjeuner.

«C'est humide, ici», pense-t-il et il augmente le chauffage.

Ce matin sombre, voici ce qu'il écrivit :

«Si j'étais une femme, il me semble que j'insisterais pour faire l'amour le dos tourné, le cul en l'air, comme les animaux. À mon avis, le fait de baiser visage contre visage constitue une des plus grandes illusions culturelles de l'humanité dite civilisée. Comment se peut-il que nous ayons encore honte de ce qui fait de nous des animaux? Ainsi, un chien a plus de dignité en faisant l'amour que ne pourra jamais en avoir l'homme parce qu'il ne tente même pas de répondre de cet acte physique qui le commet. Quand je vois un animal ou une femme jouir, transfigurés par le plaisir — qui est peut-être l'image la plus rapprochée du rien qui soit —, je me sens pareil à Moïse devant le buisson ardent. Cet acte n'appartiendra jamais à quoi que ce soit que le langage arrive à nommer. Cet acte appartient à Dieu, et baiser comme une bête équivaut pour moi au plus grand acte d'humilité qui soit. Pour moi, une femme dont je vois le visage quand je fais l'amour est une prostituée. Elle me vend la prétention de l'humanité graciée. Putain! Que l'humanité se réveille donc! Je ne déteste pas le cul, ni ne l'adore comme un veau d'or, mais je prie, souvent, pour qu'il ne fasse pas de moi un nouveau Sodome et Gomorrhe. Je prie chaque fois que je jouis pour qu'on me laisse ensuite redevenir un homme. Chaque instant où je suis happé par Dieu me paraît d'une saisissante agonie.»

Trois jours plus tard, le téléphone sonna de nouveau. Cette fois, Jacques n'était pas dans la douche.

— Jacques? T'es jamais chez toi ou quoi? J'étais inquiète! Je t'invite à souper : chez moi, ce soir, huit heures.

Jacques arriva chez Claire, un bouquet de freesias à la main.

— L'escalier sent le riz.

— Ah ça! c'est les voisins. Ils sont Vietnamiens. Enlève tes bottes et entre.

Claire avait mis la table dans la salle de travail. Jacques s'assit dans un fauteuil. Il y avait de la musique.

— J'ai fait du poulet et une tarte aux pommes. Est-ce que tu as faim?

Jacques sourit, d'un bon sourire.

Après le souper, ils regardèrent un film. Puis vint l'heure de parler.

— Je vais te demander quelque chose, commença Claire. J'ai souvent eu l'idée de te demander ça.

— Bon, vas-y; je suis d'accord pour t'écouter.

— Je voudrais que tu fermes les yeux, et que tu fasses semblant de dormir.

— O.K., je veux bien essayer.

— N'aie pas peur, Jacques. Moi, maintenant, je voudrais te toucher...

— Oui, j'ai peur un peu, mais j'aimerais ça que tu me touches. Je vais faire semblant de dormir. Quand on dort, on parvient à s'abandonner. On décide en fait de croire que rien au monde peut nous arriver.

Jacques fit semblant de dormir. Les mains de Claire se posèrent sur son ventre, qu'il avait plutôt gros. Elles étaient légères, «comme la pluie» faillit dire Jacques, mais il allait dormir et non pas se réveiller. Claire poursuivit :

— Maintenant, fais semblant que tu parles dans un rêve. J'aimerais te poser quelques questions.

— O.K., je t'écoute.

— Est-ce que tu es né en 1939?

— Oui, c'est exact.

— Quelles sont les initiales de l'endroit où tu as grandi?

— R.-A.-R.

— Dis-moi, à présent, si tu connais l'auteur de ce qui suit : «Il y a un signe infaillible auquel on reconnaît qu'on aime quelqu'un d'amour, c'est quand son visage vous inspire plus de désir physique qu'aucune autre partie de son corps.»

— Oui. Le passage que tu viens de citer est de Michel Tournier.

Des larmes coulaient sur les joues de Jacques. Les mains de Claire s'étaient rendues jusqu'à elles. Quelles belles lèvres, disaient ses mains, quelle belle peau, quelle tristesse, quelle fatigue autour des yeux. Elle caressa doucement ses cheveux grisonnants. Il n'ouvrait pas les yeux. Le sommeil lui venait enfin, le goût du sommeil léger, revenu avec le goût des mains légères.

— Dis-moi, Jacques, est-ce que tu veux me parler de ta femme?

Il s'éveilla du coup.

— Non! Non, Claire, pas ça. Jamais, je ne voudrai te parler de ça ni d'elle.

En revenant dans sa voiture, Jacques se rappela certaines paroles échangées avec Claire au début de leur amitié. Ces propos concernaient leur âge.

D'abord, Jacques avait fait remarquer à Claire qu'elle avait l'âge de ses enfants. Ce à quoi elle avait répondu qu'il exagérait un peu. Puis, il avait reformulé sa remarque : «Ton corps a l'âge de celui de mes enfants.» Ce à quoi elle n'avait rien répondu.

Le deuxième rêve assaillit Jacques un 18 février 19... La journée au bureau avait été terrible. Vêtu sans s'en rendre compte d'une impeccable chemise blanche à laquelle il avait eu l'imprudence de nouer une admirable cravate à motifs orange et fuchsia dessinés par Jim Dine, Jacques avait senti se poser sur lui, toute l'éprouvante journée, des regards de femmes. Ces regards, il les avait sentis sur ses épaules, merveilleusement larges. Il en avait senti d'autres comme des libellules effleurant l'étang de ses grandes mains. L'avaient poursuivi, par-devant, par-derrière, de haut en bas, les rapides aiguilles des regards des femmes. «Il y avait longtemps que tu ne t'étais ainsi dévêtu pour nous», lui disaient sans un mot les regards. «Jamais de la vie! Maudites fatigantes... Qu'est-ce qui vous prend aujourd'hui?» s'écriait intérieurement Jacques, en traversant à la hâte la cafétéria à l'heure du midi. Qu'arrivait-il donc? De cette chemise ni de la cravate, il ne s'était même aperçu en s'habillant. Qu'est-ce qui avait bien pu lui prendre de revêtir des vêtements aussi lumineux? Dans le bourdonnement de tant de regards, Jacques parvenait à peine à s'entendre maugréer : «Je suis vieux et gros! Pour l'amour... laissez-moi tranquille! Allez-vous-en! C'est un ordre!»

Étendu dans son lit le soir, un phénomène inexplicable se produisit. Au moment où il ferma les yeux, une femme apparut, aussi réelle que quoi que ce soit. Elle paraissait calme, néanmoins décidée. À son grand étonnement, Jacques s'aperçut que son lit était devenu une baignoire et que cette femme faisait couler sur lui une eau parfumée aux fleurs d'oranger. Le bonheur l'envahissant lui procurait une sensation inconnue, qui lui tirait résolument le cerveau vers l'arrière.

— Jacques, ne t'inquiète pas. C'est normal de sentir que tu tombes.

C'était vrai. Jacques n'arrêtait pas de fondre : une absolue sensation de culbute, de désagrégation.

Longtemps après, de la région des pieds, à l'autre bout du monde, la jeune femme reprit :

— Est-ce que tu me reconnais ? Reconnais-tu ma voix ?

— Oui. Je sais que tu es Claire.

— Écoute : j'ai ici une huile qui ne te fera pas de mal. Est-ce que tu permets que je te touche avec cette huile ?

Jacques, quelque part dans sa tête, eût bien voulu répondre non. Mais sa tête était bien trop loin de son corps et il acquiesça à la proposition de Claire.

Durant ce rêve, l'inévitable arriva.

Le matin, le premier réflexe de Jacques fut d'identifier Claire à une sorte de succube. «C'était un piège!» se répétait-il en pleurant. Pourtant, il n'avait pas oublié le soulagement lorsqu'il avait enfin avoué, dans ce rêve, la vérité sur sa femme :

— Pour être franc, j'ai si peur. L'amour et moi, je sens que nous ne nous sommes jamais rencontrés. Parfois, je vois dans les yeux d'une femme une journée où nous nous levons, où je lis mon journal simplement, sans me préoccuper de savoir si elle me quittera, sûr qu'elle ne s'en ira pas. Est-ce que je suis maintenant trop brisé pour ça? C'est la question que je me pose. Mon ombre est presque aussi longue que celle des donjons. Je crains ce que j'ai connu de la vie avant toi. Mais un jour, nous devons remettre de l'ordre dans le monde; le cœur à gauche, le foie à droite, bien rincés à l'eau et au vinaigre, comme des fenêtres. Claire, ma première femme, c'est peut-être ça.

Assis dans son lit, Jacques hoqueta : «Pleurer n'a jamais tué personne.»

C'était samedi. Vers dix heures, le téléphone sonna :

— Allô? C'est Claire. Si tu veux, on pourrait aller à Québec ensemble. Il y a présentement une exposition intéressante au Musée.

Jacques ne refusa pas.

Préoccupation

C'était donc ça, un vol qualifié dans un dépanneur... En plein naufrage des espoirs, la famille s'était remise à prier : au nom du Père, du Fils et du Saint-Esprit... Puis de détention temporaire, mon frère Ploch était sorti.

MERVEILLEUSE

Merveilleuse journée d'hiver, à marcher dans la rue. Nous nous sommes arrêtés au billard Pow. Assise sur un banc, j'ai bu un Ginger Ale tandis que Ploch a feuilleté *Le Mystère Frontenac*. Un joueur d'une trentaine d'années s'est rapproché de nous. Ploch a roté bruyamment et le garçon s'est levé, dégoûté. Devant nous, le tournoi battait son plein. Je les regardais, ces hommes vêtus de noir et de blanc, pourchassant des billes roses. Ploch s'amusait à sourire comme un gros débile pour énerver l'assistance. Il avait attaché un cadenas à son chapeau de soleil. Mais l'assemblée avait l'habitude des paumés. J'ai dit :

— Laisse tomber, Ploch. On fout le camp !

Mon ami Sheldon m'attendait dans l'escalier à la maison. J'ai reconnu son imitation de Jessy Norman chantant les derniers lieder de Strauss. Nous nous sommes installés dans la cuisine, j'ai mis des toulouses à griller. Sheldon m'a prise par la taille. J'avais mon gilet d'angora : il plongea les mains dessous. Ploch se remit à roter. L'eau bouillit pour le riz. Moi, j'étais de plus en plus étourdie. C'était réellement agréable de me faire malaxer les seins avec l'odeur de basmati spiralant autour. Sheldon me mordit l'oreille. Je dis à Ploch :

— Écoute, mon vieux, tu veux pas aller lire le journal au restaurant pour moi...

Ploch ne se donna pas la peine de répondre. Nous entendîmes la porte d'en bas se refermer avec fracas.

AU CAFÉ

Au café Le Visage, Ploch s'installa au comptoir, face à la télévision. L'émission ressemblait à une sorte d'*Ad lib* français.

— On a la télévision satellite, interrompit la serveuse, levant le nez d'un roman policier intitulé *La Prochaine Gare*. Et le plat du jour, c'est du macaroni tomates-bacon.

— Avez-vous de la soupe maison?

— Poulet et riz ou tomates et nouilles.

— Donnez-moi une poulet et riz, s'il vous plaît.

La serveuse descendit de son tabouret, déposant son roman près d'un paquet de cigarettes. Une échelle fatale gravissait la cuisse de son bas de nylon. Cette femme avait de fort jolies jambes, constata Ploch, mais c'est alors que Jeanne Moreau fit son entrée. On ne pouvait s'empêcher de trouver qu'elle avait beaucoup vieilli. Puis que sa tête avait quelque chose d'ignoble, dans sa façon de vouloir rester jeune, d'être sinistrement remontée, comme une vieille vendeuse de lingerie.

«Ou une sale Israélienne», pensa Ploch en accueillant une soupe fumante.

— Madame, ajoutez-moi donc un grilled-cheese.

La serveuse, un bras déjà tendu vers les cigarettes, s'arrêta, mais sans manifester aucun signe de contrariété ni d'impatience.

— Tout de suite, monsieur.

Une espèce de bouddha graissoux mais élégant mitraillait l'ancêtre Jeanne de questions ponctuées de quasi insaisissables calembours.

— J'aimerais une autre soupe, sourit Ploch avec amabilité au moment de recevoir son grilled-cheese.

Un deuxième bol de poulet et riz succéda au premier.

Le majordome huileux annonça aux téléspectateurs qu'ils allaient maintenant visionner en
primeur une séquence du prochain film de madame
Moreau intitulé *Épiphanie*.

En pleine nuit, un cuirassé tirait ses canons anti-
aériens. Néanmoins, une voix d'homme endormie
dominait la guerre. L'homme n'était pas visible sur
l'écran, seule sa voix répétait : «Mighty... Mighty...
Mighty...» Le plan changea au jour. Face à nous, un
restaurant portait un écriteau en néon au-dessus de
la porte. Il épelait Mighty Day. Un colosse aux
cheveux en brosse apparut sur la gauche. Ses pas
crissaient dans la gravelle d'un stationnement. Il
revêtait une combinaison de garagiste ou de pilote
d'avion, de couleur aluminium, avec deux lignes
orange phosphorescent sur le devant. Dans sa main
droite, des jumelles; dans la gauche, des gants de
cuir épais. La porte du restaurant grinça. L'intérieur
était sombre, mais la visibilité revenait à mesure que
l'œil de l'homme s'ajustait. Au fond de la salle, par-
delà des tables en bois du genre «capitaine», une
femme d'une cinquantaine d'années besognait
derrière un comptoir. Au clac de la porte mous-
tiquaire se refermant, elle se retourna. C'était Jeanne
Moreau, costumée en serveuse d'après-guerre.

— Qui est là? s'enquit-elle nerveusement.
— Numéro quarante et un, attesta l'homme.

Un ravissement enveloppa le visage de la serveuse et, ses bras s'ouvrant dans un furieux zoom-
in, le plan changea.

La nouvelle image étonnait d'abord par sa couleur : le vert. Il fallait quelques millièmes de seconde avant de reconnaître celui de l'eau. Une voix off commença un récit. On reconnaissait instantanément l'inimitable tristesse de Jeanne Moreau.

«Petite, mon père dut raser mes cheveux à cause d'une épidémie de poux à l'école. Il était violoncelliste amateur. Éperdument amoureux, il cachait une photo de ma mère dans son instrument qui, pour cette raison, sonnait un peu faux.

Quand j'ai rencontré Jean Boucher, je travaillais comme couturière dans un théâtre de boulevard. Jean fut mon premier amour. La nuit de Noël 1927, il m'offrit un miniature mouton noir dans un papier de soie gris. Il me racontait des histoires. Il avait eu de l'argent, connu des gens, puis avait tout quitté.

Au fil des ans, je m'intéressai à la photographie. Je cessai mon métier de couturière. Je n'existai plus que pour les clandestines perquisitions de la chambre noire. La vie avait été si longue, me semblait-il, avant de parvenir jusqu'à cette authenticité.

— Je ne comprends plus rien, confiais-je en pleurant aux photographies.

— Repose-toi un peu, me répondaient-elles.

— Est-ce possible qu'existe en vous un autre langage ?

— Oui, exposaient-elles tranquillement, nous sommes le langage que tu ne comprends pas.

Le jour de cet échange, le monde prit un sens nouveau pour moi. La route s'égalisa. Désormais, je chercherais les ossements muets des images comme d'autres, la rondeur inlassable de deux bras.

— Les prisonniers reviennent de leur cachot, mais toi, tu resteras, m'apprenaient les photographies.

Chose inexcusable, loin de me désespérer, ces paroles avaient le pouvoir de m'enchanter.»

La séquence primeur d'*Épiphanie* était terminée. L'éléphant parlant avisait les téléspectateurs qu'une pause publicitaire suivait. Partit un tollé d'applaudissements, électrisé par le sourire saurien de Jeanne Moreau, aussitôt effacée par une voiture japonaise roulant au faîte d'un rocher.

— Combien je vous dois, madame?

La serveuse déposa *La Prochaine Gare* et prit le temps d'allumer une cigarette en alignant Ploch dans les yeux. Faisant jouer l'extensibilité de son corps, elle s'étira jusqu'à la caisse électronique. L'échelle de son bas caressait déraisonnablement le bord de sa mini-robe. Ploch rota. La serveuse rit.

— O.K., voyons ça un peu : deux soupes, un grill, pis maintenant tu veux un *Photo-Police,* en plusse faut que je te charge les taxes...

Ploch laissa un dollar cinquante en pourboire.

PLOCH

Ploch est rentré vers neuf heures et demie. Il avait son air habituel, fermé à double tour. J'étais en train de préparer des Rice Krispies à la guimauve pendant que Sheldon me lisait le chapitre trois de *Bouvard et Pécuchet* :

«Pécuchet continua :

— La vitesse de la lumière est de quatre-vingt mille lieues dans une seconde. Un rayon de la Voie lactée met six siècles à nous parvenir; — si bien qu'une étoile, quand on l'observe, peut avoir disparu. Plusieurs sont intermittentes, d'autres ne reviennent jamais; — et elles changent de position; tout s'agite, tout passe.

— Cependant le Soleil est immobile?

— On le croyait autrefois. Mais les savants aujourd'hui, annoncent qu'il se précipite vers la constellation d'Hercule!

Cela dérangeait les idées de Bouvard — et après une minute de réflexion :

— La science est faite, suivant les données fournies par un coin de l'étendue. Peut-être ne convient-elle pas à tout le reste qu'on ignore, qui est beaucoup plus grand, et qu'on ne peut découvrir.

Ils parlaient ainsi, debout sur le vigneau, à la lueur des astres — et leurs discours étaient coupés par de longs silences.

Enfin ils se demandèrent s'il y avait des hommes dans les étoiles. Pourquoi pas?»

99

Ploch sortit les chips Pringles de l'armoire pour dériver jusqu'à la télévision. Au bulletin de nouvelles, on montrait la tempête qui s'était abattue sur Montréal en fin de journée. Les voitures circulaient au ralenti, un pain de neige sur le pare-brise arrière. Des gens attendaient l'autobus, le visage recroquevillé dans un foulard jusqu'aux yeux. Les rues avaient l'air d'une robe de mariée. Ploch avalait des chips sans discontinuer. Soudain, il lâcha la boîte de Pringles, se fourra le visage entre les mains, et on l'entendit sangloter.

— Pauvre bonhomme, échappa Sheldon, la vie est pas facile pour lui ces temps-ci.

Je nettoyai les plats ayant servi à préparer les Rice Krispies. Sheldon cessa de lire. Il regardait par la fenêtre, son *Bouvard et Pécuchet* à plat sur les cuisses. La chatte bigarrée Free tentait d'apercevoir une place là-haut, pour regarder dehors aussi. Finalement, elle se décida à sauter, pour s'écraser sans problème sur le livre, en ronronnant.

— Free, ma petite coquine, tu vois la tempête dehors? C'est pas un soir pour sortir les minous, pas vrai?

La chatte semblait d'accord. Premièrement, elle ferma les yeux à demi, puis elle roula sur le dos, risquant de sacrer son camp par terre. Sheldon rigolait en lui frottant le ventre. Je m'approchai de la fenêtre. Un homme occupait la cabine téléphonique au coin de la rue. Le moteur de sa voiture tournait toujours.

Il termina son appel et dérapa légèrement vers la droite au moment de démarrer. J'embrassai Sheldon dans le cou.

— T'es un bon diable, Sheldon...

Il prit ma main, la garda contre sa joue quelques secondes.

— On regarde-tu le film qu'on a loué? demandai-je d'une voix assez forte pour que Ploch sache qu'on allait bientôt envahir le salon.

— Avec les Rice Krispies à la guimauve, Ploch, qu'est-ce que tu veux boire? Un verre de lait ou de la bière?

Ploch s'amena dans la cuisine. Il avait les yeux rougis, mais on ne posait pas de questions.

— Moi, je prends une bière. Qu'est-ce que vous voulez vous autres, je vous l'emmène.

— Nous autres, on va boire du lait, répondis-je en portant le plat de Rice Krispies au salon.

Le Silence des agneaux ne réussit pas à captiver mon frère Ploch. Même que je me rendis compte vers le milieu du film, au moment où Clarence découvre que Jame Gumb veut se faire un costume en peau de femme à partir d'un modèle de couture trouvé dans la garde-robe d'une des victimes — la première en fait, du nom de Frederica Bimmel —, qu'il dormait à poings fermés, la tête renversée sur le dossier du divan, Free en boule sur ses genoux.

Sheldon dormait aussi, déployé sur le tapis du salon, l'assiette de carrés à la guimauve aux trois quarts vide à côté de lui. Je revis la fin de ce film extra-ordinaire : cette partie où Clarence est dans le noir, quand Jame la poursuit avec ses lunettes à infra-rouge. D'une main scrupuleuse, il essaie de toucher à la chevelure de la jeune femme, estomaqué par tant de luminosité. Comment la capturer ? «Un éclair... puis la nuit ! — Fugitive beauté», comme lui ont enseigné les sphinx tête-de-mort de sa collection. Jame Gumb meurt foudroyé par la dextérité de Clarice Sterling au pistolet, à un cheveu de la transfiguration ; et le docteur Lecter n'a rien à envier à monsieur Gustave Flaubert, même vu d'Amérique.

Distance au soleil = 1

Le jour où il quitta Montréal, Flynn vit une vieille être renversée par une voiture. Appuyée sur son avant-bras, elle haletait au milieu de la chaussée. Dessous une jupe claire gisaient ses jambes, aussi raides que le ciment. Après avoir zigzagué un temps, la voiture l'ayant percutée s'immobilisa. Un homme dans la quarantaine en sortit, gravement, la chemise chiffonnée par la sueur. Puis la police arriva. Un garçon, resté sans bouger depuis l'accident, remit sur son épaule un sac à dos et reprit son chemin vers la station de métro.

Flynn choisit une place libre à côté d'une fenêtre. Les champs défilèrent leur ternissure d'automne; un clocher creva un nuage bas.

De l'autre côté, une enfant écoutait sa mère lui conter une histoire :

«Panglost a huit ans, elle est Noire et vit au Mississipi, dans un bungalow sur le bord de la Route nationale. Le Mississipi, c'est vert comme les alligators, et le long de la route, il n'y a jamais d'arbres, seulement des poteaux d'électricité ou de téléphone, inquiétants comme des jettaturas. Le professeur de Panglost s'appelle Mister Alltimes. Il est le fils d'un propriétaire de ferme laitière de Huntsville, en Alabama. Il est blanc, pulpeux, et son costume de travail, luisant comme un front en sueur. Le soir, dans le doux champ ininterrompu jusqu'à l'horizon derrière l'école, on a installé une sorte de foire, avec quelques manèges, des tables sous un chapiteau, pour célébrer l'été tirant à sa fin, et où les jeunes gens vont danser. Le fils de Mister Alltimes a juste vingt ans. Quand il lève les bras au ciel en dansant, son grand corps blond a des odeurs de foin et de sang. La jeune mère de Panglost regarde aller le fils de Mister Alltimes en souriant. Plus tard, quand les derniers danseurs sont rentrés à la maison, la mère de Panglost et le jeune Alltimes s'embrassent encore, étendus dans le fourrage frais du champ, au clair de ciel. »

Flynn est brusquement tiré de son sommeil par le vacarme de freins et les soubresauts de l'autobus qui se stationne. L'après-midi touche à sa fin. Le chauffeur annonce une halte de vingt minutes. Les gens sortent, après avoir laissé précautionneusement un objet quelconque, un gilet bien souvent ou un magazine, au milieu de leur banc, pour marquer leur place. Dans le restaurant, ils font la queue en bâillant ou fumant une cigarette, attendant leur tour pour aller à la toilette.

La jeune mère, arrivée une des premières, en sort souriante et tenant sa fille par la main. Elles se dirigent vers le comptoir pour commander des breuvages et un gâteau. Elles reviennent s'asseoir à une table non loin de Flynn.

— Ton gâteau est-tu bon? demande la mère à la petite.

— Oui, ça goûte bon, dit la petite en grimaçant drôlement de plaisir.

— Assis-toi comme du monde, par exemple, quand tu manges ton gâteau.

La petite se lève, tire sa salopette sèchement vers le bas, secoue un peu le tissu afin de le débarrasser des miettes, pour ensuite se rasseoir correctement.

— T'as-tu hâte d'arriver chez ma tante Xaviera, Jordan?

— C'est-tu loin encore, chez ma tante?

— Ben, un petit bout encore. Te souviens-tu comment c'est beau chez ma tante, te souviens-tu de quand on est allées cueillir les framboises, pis quand on a marché sur les roches au bord de la mer?

— Oui, je me souviens du gros chien, Stokes, pis de la grosse chatte, Gordon.

— Ma tante va être contente de te voir, a va trouver que t'as grandi.

Jordan a fini son gâteau. Elle frotte ses yeux et refait sa drôle de grimace à sa mère. Puis elle se couche sur la banquette, les bras droits contre son corps, comme font les morts, les traits paralysés. La mère lui redit de s'asseoir correctement, qu'elle va payer au comptoir puis qu'après, il sera temps de repartir. Jordan se relève pour tremper des serviettes de papier dans le reste de son verre. Les serviettes s'effacent dans le lait en se mouillant. La mère de Jordan laisse soixante-quinze cents de pourboire sur la table et entraîne Jordan vers l'autobus.

Un jeune homme appelé Javier a entamé une conversation avec une fille du nom d'Erica Silver, dans le banc derrière celui de Flynn. Erica Silver étudie en sciences politiques à l'université McGill. Elle a récemment loué *Presumed Innocent,* avec Harrison Ford, qu'elle a trouvé mauvais. Javier a peu de temps pour regarder des films. Il est étudiant aussi, en sciences comptables; présentement, il complète un stage dans une firme du centre-ville. Erica Silver feuillette une revue d'actualité. Elle fait remarquer à Javier la photo d'un wagon de métro de New York, recouvert de graffitis.

— Es-tu déjà allé à New York? demande Erica.

Javier répond non, mais qu'il aimerait y aller. Erica lui désigne une autre photo : celle d'un Noir en larmes contre le mur d'un taudis, le poing entouré d'un bandage ensanglanté.

— C'est une grosse ville, New York, renchérit Javier.

Tout l'été, le soleil avait plombé sur les routes. Flynn travaillait parfois dix, douze heures au bétonnage. Le matin, le pavé volait en éclats, saupoudré de terre. Alors il recommençait depuis le début, patiemment, en roulant la pâte noire pendant des heures. Cela séchait, se remettait à brûler autour.

Le soir, il buvait longtemps de la bière. À la fin, les bouteilles s'entrechoquaient lorsqu'il cherchait une place pour déposer son verre. Une femme appuyait par moments la tête sur la table, pour trouver un peu de fraîcheur. Elle marmonnait des confidences à l'oreille de qui voulait l'entendre, concernant sa famille, ou la mort récente d'un jeune frère. Plus tard, dans la chambre à coucher, Flynn regardait un film américain, incapable de dormir.

— La terre est ronde pour le pardon, murmurait en rêvant la femme dans le lit.

Flynn s'était rendormi. La jeune mère de Jordan était occupée à lire un photo-roman.

PORT-CARTIER

L'autobus s'arrêta entre le restaurant ouvert vingt-quatre heures et les maisons mobiles. Au bout de la rivière Dominique pistonnait la mer. Flynn emporta ses bagages. Quelques voitures s'éloignèrent en compagnie de leurs passagers.

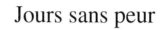

Jours sans peur

La plupart des maisons ici ont trois étages. Les cordes sont pleines de lessive suspendue. Les voisins ont rempli la piscine des enfants. On répare une voiture à côté de chez moi. Tant de fils, partout, de clôtures et de sacs à ordures. Un enfant se pointe sur un balcon pour mieux entendre une scie mécanique. La mode est aux casquettes de sport, la palette portée en arrière. Les garçons font des poids et haltères. Ils ont des carrures étonnamment développées, trouvent des emplois de durs à cuire à la porte des bars. Je me demande ce qu'un papillon peut chercher dans le coin. Suffit d'un jardin entre quatre surfaces de béton pour les voir détortiller leur destin d'elfes au-dessus des pieds de tomates ou des fanes de carottes. Seulement, un propriétaire de plus chasse l'intrus de son territoire : le couple se défait sèchement passé le toit d'un garage fissuré. Des garçons s'interpellent, d'un balcon à une moto stationnée. Le vent fripe la housse de plastique noire d'un barbecue. L'enfant est maintenant dans la piscine.

La voisine a un joli profil. J'aime voir une main de femme, simplement accrochée à une balustrade pour maintenir le corps en équilibre. Les femmes portent souvent une bague à chaque doigt. Un garçon montre les nuages à son amie. Lui aussi a une carrure bien développée. J'entends une langue asiatique dans une voix âgée.

Le garçon qui répare sa voiture a enlevé sa chemise. Ses muscles jouent sous la peau en plein soleil tandis qu'il retire un enfant du siège arrière pour le déposer au pied de l'escalier de fer de la maison. La valise est ouverte, la mère, maintenant dans la cour. L'enfant pleure dans ses bras. Il ne veut pas aller dormir. Sous le capot, le corps musclé me frappe par sa ressemblance avec la mécanique. Une femme en robe de chambre de ratine pastel fume une cigarette. Elle a un visage triste. J'entends les portes grincer, les camions rouler tandis qu'un souffle de vent emballe un mobile chinois en céramique. Deux enfants sont dans la piscine. C'est au tour du train de traverser le viaduc. La musique de Led Zeppelin reprend dans la voiture.

La chaleur s'intensifie avant l'orage. L'air s'immobilise le temps que les oiseaux le zèbrent jusqu'à leurs arbres. Puis le vent houssine le linge sur les cordes. De grosses gouttes solitaires s'abattent sur les pare-brise. Les passagers profitent de la fraîcheur momentanée mais remontent leurs fenêtres, déjà trempés. La pluie ruisselle, le tonnerre gronde, un éclair qu'on jurerait vert coupaille le ciel entre deux éclaircies d'essuie-glace.

Je questionne l'immobilité soudaine autour de moi. Comme c'est curieux de voir se restreindre ainsi le répertoire illimité des gestes exécutables par les corps, dans l'espace.

GÉNÉRATION

Comme d'habitude, j'ai fait la vaisselle, ensuite le lit et j'ai rangé la chambre. Au Pérou, à l'époque où j'achetais la couverture étendue devant moi, j'étais plus romantique. J'ai souvent rêvé d'y retourner.

Les années passent. On doit apprendre à s'abandonner à cela. Je me demande si j'ai peur. Plutôt, à quel point j'ai peur.

La quotidienneté des choses de la maison, leur quiétude dans la disposition, leur air de tableau où s'accordent enfin l'ombre et la lumière par-delà le chaos me donnent une envie de rire si abondante qu'ils me forcent aussi à pleurer.

Mes cigarettes sont américaines. J'aime leur odeur assiégeante. Leur sensation évoque l'imprudence, la lubricité. Dans la nausée suivant la chute de température que provoque fumer, je m'agite sans m'emporter.

Les gens sont compris dans le choix de leurs objets. Les femmes avec des sacs à main blancs, sur la rue, au travail, sont aussi peu signifiantes pour moi qu'un lave-auto. Actuellement, je ne possède pas de voiture. J'en ai déjà eu, je n'ai rien contre elles. Un beau matin de juillet, on se lève et on verrouille sa porte. Le moteur démarre au seul contact de la clé. Je connais bien le plaisir de l'alimentation d'essence aux attouchements du pied.

Les voitures vides, garées en bordure des trottoirs, gardent les gens dans un rayon de distance qui ne les éloigne pas trop d'elles.

Un chauve s'appuie au compteur d'essence tandis que se poursuit le remplissage. Une jupe verte d'été muse contre une décapotable rouge, un short saumon phosphorescent, contre une camionnette gris acier. Dans une grande ville comme celle-ci, il est toujours étonnant pour moi de voir un homme de mon âge se promener avec un enfant. Cela comporte un naturel presque choquant.

Un accident est vite arrivé. Une vieille s'est assise pour attendre l'autobus. Elle ramasse ses épiceries, s'apprête à monter. À ce moment précis, une femme claque la portière de sa voiture dont le pare-chocs avant porte un protège-calandres. À mon avis, la situation est propice à un accident. Un arbre au tronc chétif, à la touffe de branches encore jeunes, plie. Deux portières s'ouvrent en même temps, les pneus d'une camionnette crient au moment d'un virage. Rien n'arrive vraiment.

Un fumeur doit manger quelque chose de vert ou d'orange après avoir fumé. Mais je reste assis. J'allume une autre cigarette.

Il est toujours particulier de croiser un train au carrefour d'une route. Pour ma part, mon cœur se fait plus lointain. Je n'ai plus la chance de voir passer des gros convois, je veux dire, un vrai train, avec la locomotive, des wagons à passagers, à marchandises, à bestiaux et des conteneurs pleins de charbon ou de billots. Après la cabousse, les barrières étaient levées, il fallait continuer jusqu'à la rivière, comme on avait décidé. L'accès n'était pas facile, les abords n'avaient pas encore été aménagés pour les touristes. Alors, on devait se battre avec les branches. Un coup rendus, on trouvait une roche pour contempler la vue. La nature était pourtant assez écrasante pour qu'on ait déjà envie de repartir. C'était plein de moustiques, même le chien demandait à rentrer.

Oui, j'ai eu ce petit corps dont je me rappelle parfois. Est-ce possible, moi dans un si petit corps? La perte de bonheurs possédés un été, il y a plus de trente ans, celle plus poignante de mon corps d'enfant, si je pénètre vraiment dans ce monde supprimé, demeurent inconsolables.

Dire que je possède aussi l'image des corps jeunes de mon père et de ma mère…

Presque chaque jour, j'allais dans les terrains vagues. Les nuages surplombaient la rivière. Mon chien flairait le vent. Les oiseaux enlaçaient les arbres et s'envolaient en nuée.

Mon chien passait la nuit avec les laveuse et sécheuse. J'étais convaincu qu'il devait terriblement s'ennuyer. Il a vécu très vieux. Vers la fin, il fut atteint d'une infection chronique. Puisque je l'emmenais partout, partout on me reprochait la puanteur de son oreille.

Il m'aura fallu beaucoup de temps pour comprendre qu'il était possible d'agir sur les objets. Par exemple, les mouches accumulées d'année en année dans l'abat-jour du plafonnier de la cuisine où nous nous rassemblions au souper faisaient partie, pour moi, d'une sorte de fatalité. Elles se combinaient sans transition au bocal graisseux de betteraves Habitant ainsi qu'à une certaine qualité de lumière crue, que je voudrais dire ouvrière, dirigée sans romanesque sur des napperons achetés dans des magasins spécialisés dans les ventes à rabais. C'en était pareil de la fatalité de nos assiettes. Jamais nous ne mangions de légumes verts.

Enfant, je ne me souviens pas d'avoir pris de douches, sinon pour enlever le sel de mon corps et le sable de mes pieds, après un bain de mer. Nous dormions en groupe, parents, tantes et oncles entassés dans un chalet loué pour deux semaines, collé à la plage. La nuit, le bruit étourdissant de bonheur des vagues se mêlait aux sifflements des dormeurs. Un cousin s'affairait longtemps, bien après que nous avions été nous coucher. C'était le seul qui s'agenouillait encore pour prier, avant de s'allonger dans son lit de camp. Déjà, à cette époque, il est vrai de dire que nous étions terriblement seuls. Le sens filait comme le sang des hémophiles. Nous n'y prenions pas garde. Nous étions en vacances.

Nous restions étendus au soleil. Nous apportions des chaises longues, aux treillis de couleurs vives et aux armatures d'aluminium. Les parasols viendraient plus tard, comme un signe de maladie.

J'aimais déterrer de microscopiques crabes avec ma sœur. Nous les repérions grâce à des trous à la surface du sable juste léché par la marée. Aussitôt, nous devions creuser pour débusquer l'animal, et le boutions vers notre aire de jeux, où il mourait racorni.

Il y avait dans la garde-robe de ma mère une collection de chaussures. Je ne crois pas exagérer en disant qu'elle comptait une centaine de souliers, cordés sur des tablettes fabriquées par mon père. Il y avait aussi une quantité abusive de vêtements. Au bout de la rangée, je me souviens, se trouvait la robe de mariée jaunie.

Des années après, j'ai marché avec une femme aimée sur une plage américaine. La lune s'était levée. Nous enlevâmes nos vêtements, l'air mordait, la mer

déferlait avec une force indivisible. Nous nous bai-
gnâmes dans le noir, après un combat entre notre
peur et notre défi. La terreur est parfois salutaire.
Vous êtes si près de disparaître ; pourtant, comme le
passé, vous restez.

L'arrivée de ma sœur ne changea rien à mon
bonheur. Nous n'étions pas quatre, mais un, para-
doxalement, avec la nouvelle venue. J'étais levé le
plus tôt possible pour l'admirer. Elle était à moi
autant qu'à mes parents. Chair de la chair, prise dans
un véritable tout, est-ce cela un enfant réussi ? Je
mangeais ma mère, mon père, ma sœur, mon chien,
nous nous mangions entre nous, est-ce cela le bonheur ? Je ne sortais jamais avec l'idée de m'enfuir
sur ma bicyclette, au bout du monde. Couché dans
l'herbe ou pendu à la barre de la balançoire, la tête
à l'envers, j'étais mon père ouvrant l'arrosoir et ma
mère me mettant nu pour que je passe dans l'eau.
Nous couchions ma sœur près du vinaigrier en fleur,
je roulais jusqu'au bouleau. Mon père, occupé à
sarcler, me faisait peur avec des vers longs comme
des pieds. Ma mère parlait au téléphone, en gar-
nissant des hot-dogs de relish-moutarde. La nuit,
quelque chose d'inexplicable luisait à des milliards
d'exemplaires, qu'on ne pourrait jamais manger.

Le monde entier me précédait, mais sans moi,
la chose devenait beaucoup moins intéressante. Je
n'avais aucun doute là-dessus.

Dans le souvenir, nul ne bouge, comme dans cette histoire du sabbat où on ne déplace rien, même pas un mouchoir.

CURETAGE

Ce matin, ils ont creusé le sol du garage en face de chez moi. L'excavatrice jaune a commencé par démolir le pavé, le frappant de sa pelle d'acier, puis grattant pour arracher les morceaux. Des hommes tournaient autour, qui les bras croisés, qui les poings sur les hanches.

Ils ont approché des poches blanches de la cavité. Ils en ont déversé le contenu près d'un assemblage de pipes, peut-être de la chaux vive. Les ouvriers manœuvraient la substance avec précaution, tandis qu'une fumée montait de la fosse à mesure que les sacs étaient vidés. Les hommes ont ensuite borné la surface de travail par une clôture en filet synthétique orange phosphorescent.

L'excavatrice a recommencé d'agrandir le trou. Le fer grinçait à l'extraction de tuyaux rouillés. La pelle s'enfonçait pour en ressortir pleine d'un substrat terreux, à la surface aussitôt blanchie par l'air dessiccatif. Un camion s'éloigna vers l'est avec une charge de débris. Un autre recula jusqu'à l'excavatrice en émettant un signal.

Devant moi, pas de parc ni de rivière, aucune pitié. Les camions sont rouge colère ou gris de mort. Les excavatrices roulent sur des chenilles de chars d'assaut. Un vacarme incessant escorte l'ubiquité de la machinerie. Les ouvriers, quand il ont chaud au soleil de midi, enlèvent leurs chemises pour enfoncer un pieu. Des cheminées, des antennes, des poteaux séquestrent le ciel. Ce qu'on peut lire est assez gros pour être lu à la vitesse d'une auto.

Au fond du puits béant de l'industrie gît un baril de pétrole, poudreux comme une momie.

Un ouvrier au t-shirt pourpre et au casque jaune décrotte des embouts rouillés. Un homme en cravate étire le ruban d'un galon à mesurer le long du récipient à moitié exhumé. Il pointe le doigt vers la droite du tonneau et mime des gestes voulant dire qu'il faut l'entourer d'une corde. De la cheminée d'un énorme camion, identifié en grosses lettres comme nettoyeur de réservoirs industriels, sort une fumée noire qui obture une seconde le trou.

Un vieux attend l'autobus. Un trou, une grue et un tracteur occupent le site normalement réservé aux pompes d'essence du garage à côté de l'arrêt. Les hommes à l'intérieur des machines manipulent des roches. Celui dans le tracteur pousse à l'aide de sa pelle sur une pile qu'une benne de camion vient de décharger, et la pierre déboule les parois jusqu'au fond du trou. L'opérateur de la grue emplit un entonnoir de fer. Assisté de directives, il dirige l'entonnoir comme un pendule jusqu'au milieu, où deux ouvriers attendent sur des planches disposées en travers de trois barils de plastique vert neufs. Ceux-ci empoignent l'entonnoir pour l'ouvrir avec une clenche en forme d'arc qu'ils dégagent et tirent énergiquement de leurs bras vers le bas, au bout d'un ressort.

L'ombre oscillante de l'entonnoir paraît bleue à cause d'une bâche blanche sur le pourtour du trou. Une échelle d'aluminium est accotée à son bord droit pour permettre aux ouvriers de monter et de descendre. Leurs casques luisants amorcent l'œil à cause de leur concentration de lumière. Le tracteur a changé de pelle, il a cessé de pousser les roches dans le trou. Auparavant, un camion a déchargé une livraison de gravier bistre. Le tracteur, maintenant muni d'une petite pelle à dents, ne s'affaire plus qu'à remplir l'entonnoir. Le vieux fait les cent pas devant l'arrêt, une veste sur le bras, jetant un œil sur le chantier de temps en temps. Les hommes déplacent vers la gauche les travées au-dessus des barils. Un avertissement de clignotants orange recule derrière le vieux. Les ouvriers mêlent leurs appels hoquetants au chuintement du camion occupé à se vider en basculant sa benne le plus loin possible vers l'arrière.

Un bruit d'une intensité choquante s'entend. C'est le panneau de fer retombant sur la boîte vide du camion. Le battant rebondit ainsi trois ou quatre

123

fois, chaque fois moins fort, puis d'une manière presque inaudible. Le ruban clair interdisant aux passants l'accès du garage oscille à cause de sa souplesse, semblable à celle des cerfs-volants.

PORTION CONGRUE

Le soleil s'élève maintenant à deux centimètres du bloc derrière le garage. Le trou est resté toute la nuit à moitié rempli, avec son allure de monde technologique mis à découvert par les tribulations d'un agent secret au cinéma. Les trois barils neufs, parfaitement verts, de cette perfection saturée de la matière plastique, exhibent leur surface de sous-marin aux couvercles de plomb. Dans cette lumière matinale, le jaune mélassé du tracteur, la clôture en filet synthétique orange, le bleu des balayeuses pour automobiles, le rouge de l'enseigne du lave-auto sertissent de leur crayonnage gras la fraîcheur minérale des rose et bleu pierreux de l'excavation. Les autobus recommencent à cueillir les gens à intervalles réguliers. Une grosse femme avance jusqu'à l'arrêt, les jambes écartées.

— Est-ce que tu entends le vent souffler? demande peut-être l'homme en camisole, debout dans une fenêtre du bloc.

— J'ai dû fermer les fenêtres parce que c'est frais comme en automne, répond possiblement sa femme.

Il est vrai qu'il vente avec plus de force à mesure que les camions de marchandises cahotent sur la rue.

Les nuages avaient eu tendance à se regrouper progressivement autour du soleil, jusqu'à l'engloutir. L'aube avait été nette pourtant. Je m'étais dit que ce serait une belle journée. J'avais mis du pain à griller. Aux nouvelles, on avait noyauté un coup d'État.

Une fille pénètre dans une cabine téléphonique. Les voitures s'opiniâtrent entre les feux de circulation. Le ciel fait trotter les nuages.

J'habite un logement sur une des rues les plus achalandées de la ville. En hiver, je ferme les fenêtres. Le cinéma devient muet.

Je crois que les oiseaux ne font pas la différence entre un arbre et une corniche pour faire leur nid. Nos malheurs viennent peut-être d'une idée incomplète sur la nature. Les jours sans peur, la conscience atteint la finesse d'un soupir.

TABLE

Éditions Les Herbes rouges

ROMANS, RÉCITS ET NOUVELLES

Cet ouvrage a été achevé d'imprimer
aux Ateliers graphiques Marc Veilleux
à Cap-Saint-Ignace en novembre 1994
pour le compte des
Éditions Les Herbes rouges

Imprimé au Québec (Canada)